탱고 인 더 다크

탱고 인 더 다크

TANGO
IN
THE
DARK

사쿠라 히로 장편소설

김영주 옮김

문학동네

일러두기

1. 주석은 모두 옮긴이주다.
2. 본문 중 고딕체는 원서에서 강조한 부분이다.
3. 장편 문학작품과 만화는 『 』, 단편 문학작품은 「 」, 영화·방송·음악 등은 〈 〉로 구분했다.

탱
고

인

더

다
크

0

　언젠가 K와 어둠 속을 걸은 적이 있다.

　깊은 밤이다. K의 모습은커녕 내 발밑조차 보이지 않는다. 다만 구불구불한 좁은 길이 마른 풀숲을 누비듯 희미하게 뻗어 있음을 알 수 있다. 우리는 그 애매한 길을 더듬더듬 걸으며 천천히 앞으로 나아간다.

　시선을 한곳에 집중하자 저멀리 아득하게 지평선이 보이는 듯하다. 그러나 구름으로 뒤덮인 검은 하늘과 검은 대지를 구별하기는 어렵다. 분명 수평일 그 선은 종잡을 수 없이 떴다 가라앉았다, 기울었다 울렁인다.

웅웅 소리를 내며 초겨울 찬바람이 불어 몹시 춥다. 모래가 눈으로 날아든다.

괜찮아?

마른 풀을 밟고 걸어가면서 K에게 말을 건다. K는 나보다 조금 앞에 있다.

응.

K는 의외로 발이 빠르다. 정신을 차리고 보면 사라져버릴 것만 같다. 이렇게 외진 곳에 나 홀로 남겨진다면 어떻게 해야 하지. 그런 불안이 엄습해 어두운 대기 속으로 팔을 뻗어 K의 손을 잡는다. 가느다란 손가락이 바람을 맞아 얼음장같이 차가웠다.

우리는 겨울밤 들판에 있다.

차에서 내려 한참을 걸었지만 아무리 지나도 아무것도 보이지 않는다. 오직 좁은 길이 계속될 뿐.

그만 돌아갈까? 몇 번인가 말을 꺼내려다 말았다. K가 느닷없이 가고 싶다고 제안한 당일치기 여행이었고, 매우 드물게 차도 그녀가 운전했기 때문이다. 굳이 말하자면 그녀는 확실한 집순이 스타일이라 내게 적극적으로 나들이를 제안하는 일이 거의 없다. 무슨 변덕인지 모르겠지만 모처럼 그럴 마음이 생긴 그녀에게 굳이 찬물을 끼얹는 말은 하고 싶지 않았다.

보고 싶은 게 있어. K는 그렇게 말했지만 목적지는 가르쳐주지 않았다. 뭘 보게 될지 기대해, 하고 그녀는 웃었는데 이렇게 아무도 없을 것 같은 허허벌판에 뭐가 있다는 건지. 왠지 악몽 같은 상황이다.

바람소리와 섞여 물 흐르는 소리가 울려퍼진다.

이제 다 왔어. K가 힘주어 내 손을 꼭 잡는다. 클래식기타를 연주하는 그녀는 악력이 보기보다 세다. 응. 영문을 알 수 없지만 나도 힘차게 고개를 끄덕여본다.

이윽고 우리는 작은 개천 앞에 도착한다. 어느새 구름 사이로 나타난 달이 가느다란 띠 같은 냇물을 파르스름하게 비춘다. 물소리로 보아 그리 깊은 냇물은 아니다. 물에 젖는 걸 잠깐만 참으면 손쉽게 건너편 기슭까지 건널 수 있을 듯한데, 건너서는 안 되는 선이 눈앞에 그어져 있는 것 같은 느낌이 든다.

개천이네.

내가 말하자 K가 고개를 끄덕인다.

이 개천이 보고 싶었던 거야?

K는 고개를 가로저으며 실망한 듯 말한다.

오늘밤은 없네.

누가?

반딧불이.

반딧불이?

마침내 우리는 이 여행의 근본적인 실수를 깨달았다. K는 반딧불이를 겨울 곤충으로 착각했던 모양이다. 여기 냇가는 반딧불이 서식지로 유명하다고 한다.

그거, 반딧불이의 빛, 창가에 쌓인 눈, 어쩌고 하는 노래 있잖아. 그래서……

그런 착각을 하다니. 반딧불이가 나오는 계절은 여름이잖아. 아까 말해줬으면 헛걸음 안 했을 텐데.

미안해, 하고 K는 자신의 실수를 몹시 부끄러워했지만 물론 나는 전혀 화를 내지 않았다. 오히려 이 기묘한 여행의 결말을 재미있어하며 자지러지게 웃었다. K는 언제나 침착하고 논리적이라 그녀가 실수하거나 착각하는 모습을 보는 건 굉장히 귀중한 체험이니까.

우리는 한바탕 웃고 난 뒤 천천히 풀밭으로 되돌아간다. 달이 떠서 걷기가 수월하다. 이번에는 내가 살짝 앞에 걷는다. "있잖아" 하고 K가 말을 꺼내 나는 뒤를 돌아본다. 한데 그녀의 얼굴을 볼 수 없다. 스포트라이트처럼 비추는 달빛에 그녀의 모습이 온통 푸르스름하게 가려졌기 때문이다.

나는 의식을 추억에 집중한다. 몇 번이고 거듭해 그 장면을 재생한다. 하지만 마스터테이프가 파손된 옛날 영화처럼 영상 속 K의 얼굴에는 언제까지고 흰 구멍이 나 있다.

1

아침에 눈을 뜨자 옆에 아무도 없었다.

나는 잠이 덜 깬 상태로 멍하니 이상하다는 생각을 했다. K는 어디 간 거지. 왜 나 혼자 자고 있는 거야. 방금까지 꾸었던 꿈을 이어서 계속 꾸는 듯한 느낌이다. 어떤 꿈이었는지는 생각나지 않지만 쓸쓸한 꿈이었던 것 같다.

곧이어 머리맡에 둔 스마트폰의 알람이 울린다. 알람을 해제한 순간, 조금 정신이 들면서 평소와 다름없는 아침이라는 사실을 깨닫는다.

나와 K는 각자의 침실에서 잔다. 한 침대에서 잔 건 결혼하고 처음 며칠뿐이다. 잠을 깊이 잘 수 없어 비합리적이라는 그녀의 주장에 따라 우리는 침실을 따로 쓰기로 했다. 딱히 그래서 허전하다고 생각한 적은 없다. 서로의 프라이버시를 존중할 수 있는 이 시스템이 나도 마음에 든다. 그런데 왜 오늘 아침에는 혼자 자고 있다는 사실에 낯설음을 느꼈을까.

하지만 그런 건 금세 아무래도 상관없는 일이 된다. 출근 시간이 가까워지고 있어서다. 나는 스누즈 기능으로 몇 번이나 울려대는 알람을 겨우 제대로 끄고 침대에서 일어났다. 오전 6시 10분이었다. 요새는 일이 바쁜데다 아침 추위가 혹독해 일어나는 게 늘

괴롭다. 어젯밤에도 11시 30분쯤에야 집에 왔다.

어둑한 거실에 들어가 커튼을 걷었지만 K의 모습은 보이지 않는다. 언제나 나보다 조금 먼저 일어나 아침식사를 준비하는데. 오늘 아침은 늦잠을 자나?

뭐, 가끔은 그럴 때도 있는 거지. 나는 별로 심각하게 생각하지 않은 채 홍차 티백을 우려내고 토스트를 만든다. 홍차는 K가 끓여주는 것보다 맛도 향도 싱거웠고 토스트는 살짝 탔다. K는 그다지 요리를 좋아하지도 않고 미식가도 아니지만 그녀가 만드는 건 뭐든지 맛있다. 실패하는 법이 없다. 무조건 레시피대로 정확히 만들기 때문이다. 그와 반대로 내가 하는 요리는 왜 그런지 전부 신통치 않다. 익숙하지 않은 탓도 있겠지만.

그러고 보니 마지막으로 직접 토스트를 만든 게 언제였더라. 빵의 검게 탄 부분을 앞니로 긁어내며 생각해봤지만 잘 기억나지 않는다. 어쩌면 결혼하고 처음인지도 모르겠다.

진짜로 늦잠을 자는 걸까. 조금 불안해진다. 감기라도 걸려 몸져누워 있을지 모른다. 어젯밤 상황을 다시 생각해봤지만 내가 집에 왔을 때는 K가 이미 자고 있어 얼굴을 못 보았다. 테이블에 랩을 씌운 튀김과 된장국이 놓여 있어 나는 그것을 전자레인지로 데워서 먹었다. 튀김은 내가 가장 좋아하는 음식이고, K가 만든 건 어째선지 갓 튀긴 게 아니어도 맛있다.

나는 갉아먹다 만 토스트를 팽개치고 그녀의 침실로 갔다. 문은 잠겨 있었다.

"괜찮아? 컨디션이 안 좋은 거야?"

노크하고 다정하게 말을 걸었다.

"아니."

생각보다 쌩쌩한 목소리가 돌아왔다. 뭐야, 역시 그냥 늦잠 잔 거였나.

"웬일이야, 늦잠을 다 자고."

내가 놀리듯 말하자 K는 의외의 반론을 했다.

"아냐, 평소 시간대로 일어나긴 했어."

"그런데 왜 안 나왔어?"

그러자 K는 조금 망설이더니 대답했다.

"오늘은 얼굴을 보이고 싶지 않아서."

"왜?"

"화상을 조금 입었어. 어제 튀김 할 때."

화상? 미라처럼 붕대로 얼굴을 둘둘 만 K의 모습이 머릿속을 스쳐 갑자기 불안해진다.

"괜찮아? 병원에 가보는 게 어때?"

"아냐, 살짝 덴 거니까 크게 걱정하지 마. 새끼손톱 끝으로 살짝 찌른 정도거든. 내버려두면 금방 나을 거야."

대수롭지 않은 투로 말한다. 거짓말 같지는 않아 나는 마음이 놓였다.

그러는 동시에 '살짝 덴 거'라면 남편에게 얼굴 정도는 보여줘도 되지 않나 싶지만, 뭐 여자의 마음이란 그런 걸지도 모르겠다. K는 눈의 고장* 출신이라 피부가 하얘서 더더욱 그럴 것이다.

"몸조리 잘해."

그 말을 남기고 나는 시청으로 출근했다.

2

나는 N시의 아동과에 근무한다. 고된 업무 강도로 치면 N시청 안에서도 1, 2등을 다투는 부서다.

N시는 도심에서 한 시간 정도 떨어진 곳에 있는 베드타운인데, 몇 년 전부터 시작된 역전 재개발이 성공해 급격히 인구가 늘면서 어린이집 등의 입소 대기 아동도 증가해 문제가 됐다. 그래서 어린이집 증설을 비롯한 복지정책을 시급히 추진해야 하지만 안타깝게도 부서의 일손이 부족하다. 원래부터 부족했는데

---

* 가와바타 야스나리의 소설 『설국』의 배경인 니가타현을 뜻한다.

결혼으로 인한 퇴사, 육아휴직, 우울증으로 인한 휴직 등이 겹쳐 남은 인원이 책임져야 할 업무 부담이 늘고만 있다. 거기다 의욕 없는 직원, 의욕은 있지만 일을 못하는 직원이 많다. 어정쩡히 젊은 축에 속하고 억지가 통할 거라고 여겨진 탓에 내게 엄청난 업무량이 할당되고 있다.

이날 오후는 시에 있는 보육시설 시찰로 하루를 거의 다 보냈다. N시는 쓸데없이 면적이 넓고 전철로 갈 수 없는 곳도 많아 기본적으로 이동은 자동차로 한다. 나는 외근을 좋아하지 않는다. 운전을 별로 안 내켜하는데다 공용차는 조금만 부딪혀도 일이 커지기 때문이다.

그나마 혼자 이동하면 좋아하는 클래식 음악이라도 들으며 편히 다닐 수 있지만 공교롭게도 이 업무는 관리영양사와 둘이서 하는 경우가 많다. 동행하는 관리영양사는 후지타라는 계약직 직원으로, 공무원이라고 보기 어려운 밝은 갈색 머리를 한 젊은 여성이다. 그녀는 '결혼 활동을 위해서', 즉 안정된 수입과 사회적 지위가 있는 지방 공무원을 잡아볼 계획으로 관공서에 취직했는데 전혀 성과가 나지 않아 실망중이라고 한다.

"나름대로 인기 있지 않나? 후지타 씨 정도면."

"나름대로라는 말은 할 필요 없잖아요." 후지타가 입술을 삐죽 내민다. "시민과의 히노 씨 정도예요, 술 마시러 가자고 해주는 직원이. 그런데 사람이 너무 가벼워 보이고 끈질기게 메시지를 보내와서 무시하고 있어요."

나는 잘했다고 동의한 뒤 "그럼 어떤 스타일의 남자가 좋아?" 하고 그냥 한번 물어봤는데 산쟈니 같은 사람이 좋다고 한다. 그게 누구냐, 어느 나라 사람이냐고 묻자 후지타는 깔깔대고 웃으며 산쟈니는 사람 이름이 아니라 6인조 아이돌 그룹의 이름이라고 설명했다. 그녀는 월급의 대부분을 산쟈니의 콘서트 티켓과 CD, 관련 상품을 사는 데 탕진한다고 한다.

"그래도 모든 이벤트를 완수하기에는 돈이 부족해요. 다음주에 히로시마 공연을 보러 가느라 또 저금 제로예요. 계약직은 월급이 적거든요." 후지타는 어느 틈엔가 불을 붙인 멘톨 담배를 피우며 불만을 토로한다. "빨리 결혼하고 싶은데."

그럼 좋겠네. 나는 말하며 차창을 내린다. 담배 연기와 함께 스피커에서 흐르는 산쟈니의 노랫소리가 창밖으로 빠져나가고 그 대신 차가운 겨울바람이 차 안으로 들어온다.

사정이 이러하니 외근이 영 내키지 않는 것이다.

게다가 낮에 외근을 나가면 그 시간만큼 책상에서 해야 할 일이 쌓인다. 오후 4시쯤 사무실로 돌아와 전화를 다시 걸거나 메일에 답장하고 자잘한 잡무를 처리하다보면 퇴근 시간이 된다. 계약직인 후지타는 물론 다른 직원들도 대부분 이 시각에 집에

가는 게 예사인데, 후지타가 웬일인지 퇴근 시간이 지나서 내 책
상으로 왔다.

"미카와 씨, 이거 드세요."

서류가 산더미처럼 쌓인 책상 끄트머리에 랩에 싸인 수제 쿠
키 두 개를 놓는다.

"간식이야? 신경써줘서 고마워."

"헤헤. 밸런타인데이 정도는 약간 여성스럽게 챙기는 게 좋을
것 같아서요."

"그러고 보니 그런 이벤트도 있었구나. 잊고 있었어."

"반응이 영 신통치 않네요." 후지타가 불만스러운 눈치다. "사
모님을 대할 때는 좀더 확실히 기뻐해주는 게 좋을 거예요."

"괜찮아, 우리는 그런 거 안 챙기니까."

"부부싸움이라도 했어요?"

"아니." 나는 성가시다고 생각하며 설명한다. "우리는 밸런타
인데이뿐 아니라 크리스마스나 생일, 결혼기념일 같은 그런 쓸
데없는 날은 안 챙겨."

"핼러윈은요?"

"그런 분위기에서 핼러윈만 챙기는 집이 있을 것 같아?"

"그거 완전히 권태기네요."

"우리는 처음부터 그랬어. 결혼식도 안 했고."

그러자 그녀는 오히려 내가 깜짝 놀랄 만큼 큰 소리로 "뭐라고요?" 하며 놀란다.

"결혼식은 일생에 한 번뿐인 화려한 무대인데. 사모님이 불쌍해요."

"아니, 그게 아니라." 역시 이런 얘기는 하는 게 아니었다. "나는 귀찮긴 해도 일단 하는 편이 좋다고 생각했어. 원하지 않은 건 아내야. 부끄럽다면서."

"어머. 그래도 생일은 챙기는 게 좋을걸요. 선물을 싫어하는 여자는 없다고요." 후지타는 여전히 납득이 안 되는지 "그렇죠? 과장님!" 하고 지원군을 요청했다. 하지만 과장은 자료들 위로 다 벗어진 머리를 내밀며 "괜찮지 않나? 가정마다 문화는 다른 거니까" 하고 태평스레 말한다. "우리집만 해도 벌써 안 챙긴 지 오래됐어, 생일이든 결혼기념일이든."

"과장님이야말로 권태기라서잖아요."

"뭐 그렇지." 과장이 뭔가 깨달은 듯한 표정으로 말한다. "그런데 내 쿠키는 없어?"

후지타가 퇴근한 뒤 나는 쿠키를 입에 가득 넣고 야근을 계속했다. 쿠키는 형식상 주는 선물에 불과한지 퍼석한데다 완성도도 낮다. 그래도 여자한테 뭔가를 받은 건 오랜만이었다.

선물을 싫어하는 여자는 없다. 그 말을 모르는 것도 아니다.

나도 K를 알기 전까지는 그렇다고 굳게 믿었다. 사귀기 시작한 초기에는 흑심도 작용했겠지만 내 나름대로 무리해서 약간 고가의 시계나 액세서리를 선물한 적도 있다. 그런데 어느 크리스마스에 K가 "당신은 너무 다정해"라며 미안하다는 듯 말했다.

"마음은 정말 고맙지만 나는 선물을 받는 게 예전부터 부담스러웠어. 초등학교 때 담임선생님이 조회 시간에 반 아이들의 생일을 축하해주는 이벤트가 있었는데 그게 괴로워서 생일에는 학교를 쉬었을 정도야. 기념일 선물이란 건 몹시 기존의 형식에 따른 행위라는 느낌이 들잖아. 연극하는 것 같달까. 내가 축하하는 건 괜찮은데 축하받는 건 미안한 기분이 들어. 특히 형태가 남는 물건을 받으면 압박이 느껴져. 기껏 축하받았는데 거기에 제대로 부응하지 못하는 게 아닐까 싶어서."

그날 이후로 우리는 정기적인 기념일을 안 챙기게 됐다. 지나치게 이론을 따지긴 하지만 K의 의견이 맞는 말이라고 생각했고, 게으름뱅이인 내게는 그게 편하고 좋았다. 같은 이유로 결혼식도 올리지 않았다. 구청에 혼인신고서를 제출하고 끝. 마스크를 쓴 창구의 젊은 남자 직원이 서류에 시선을 떨군 채 "축하드립니다" 하고 중얼거린 말이 우리 결혼의 순간을 축복하는 유일한 목소리였다.

"꽤 사무적인 축하였지."

"목사 분장을 한 백인한테 서투른 말로 축복받는 것보다 내실 있고 좋잖아."

"그건 맞아."

찬바람 부는 귀갓길에 그런 소소한 블랙유머를 나누며 함께 웃던 일을 생각하는데 과장이 말을 걸어왔다.

"오늘도 늦을 것 같나?"

나는 쿠키를 우물거리며 고개를 끄덕인다.

"그럴 것 같아요."

"가끔은 일찍 들어가는 편이 좋아. 가정도 소중히 해야지."

"피차일반입니다."

그러네, 하고 과장이 힘없이 미소를 짓는다. 우리는 N시청 안에서도 1, 2등을 다투는 장시간 노동자다.

그날도 한밤중이 되어서야 귀가했고 K는 먼저 자는 모양이었다. 혹 무심한 듯 초콜릿이 놓여 있지는 않을까 살짝 기대했으나 물론 없었다. 거실 테이블에는 어젯밤에 이어 튀김이 있었다.

3

다음날은 토요일이고 모처럼 휴일 출근이 없었다. 덕분에 나는 마음놓고 늦잠을 잤고 일어났을 때는 오전 11시가 조금 안 됐다.

잠이 덜 깬 눈으로 거실에 들어갔는데 낮인데도 무척 어둡다. 커튼이 내려져 있어서다. K는 아직 안 일어난 건가. 그런데 이 시간까지? 혹시 어디 아픈가. 여기까지 생각하다 이게 어제 아침과 완전히 똑같은 패턴임을 깨달았다. K는 오늘도 화상을 감추기 위해 침실에 틀어박힌 걸까.

침실로 가서 노크하고 말을 걸어봤으나 반응이 없다. 어떻게 된 거지? 안에서 뭘 하는 걸까. 의아해하며 문고리를 돌리자 문이 활짝 열렸다. 안에는 아무도 없고 물건이 적은 방은 깔끔히 정돈되어 있다.

장을 보러 나갔는지도 모르겠다. 석연찮음을 느끼며 거실로 돌아오니 테이블에 놓인 메모지가 보였다. 아까는 눈치채지 못했는데. 순간 가출이라도 한 건가 싶었으나 그 생각은 틀렸다. 메모지에는 K답게 단정한 글씨로 이렇게 적혀 있었다.

당분간 지하실에 있을게. 무슨 일 있으면 전화나 메신저로 연락해. K

지하실? 나는 가느다란 검은색 볼펜으로 적힌 간결한 문장을 몽롱한 머리로 몇 번인가 다시 읽는다. 그렇구나, 지하실이구나.

특수 약품을 바른 종이에 불을 쬐면 안 보이던 글자가 나타나는 것처럼 현재 상황이 서서히 이해된다. 이 집 지하에는 방음시설이 완비된 오디오실이 있다. 한동안 사용하지 않아 잊고 있었다.

우리가 역에서 도보 이십 분 거리라는 애매한 위치의 이 오래된 단층집을 빌린 이유는 애초에 지하실을 노렸기 때문이다. 우리는 음악이라는 공통 취미를 가졌고 나는 플루트를, K는 클래식 기타를 연주한다. 소음을 신경쓸 필요 없이 합주를 즐기는 게 가능한 지하실이 있는 집은 우리에게 상당히 귀한 매물이었다.

우리의 음악 취향은 미묘하게 다른데, K는 바흐나 모차르트 등 고전을 좋아해 클래식이 아닌 다른 음악은 거의 듣지 않는다. 한편 나는 슈만이나 차이콥스키 등 낭만파를 좋아해 재즈나 보사노바나 록 같은 장르도 수박 겉핥기 식으로 조금씩 아는 잡식파다. 그래도 다행히 우리 둘 다 열렬히 좋아하는 음악가가 있었다. 현대 아르헨티나 탱고의 거장인 아스토르 피아졸라. 갓 결혼했을 무렵에는 휴일마다 둘이서 지하에 틀어박혀 온종일 피아졸라와 바흐의 이중주를 즐기곤 했다.

요즘은 바빠서 플루트를 불 여유도 없고 K의 클래식기타 연주도 오래도록 듣지 못했다. 지하실은 어느새 창고 대용이 되어 아예 잊었던 거다. 꼬박꼬박 집세를 내고 있으니 사용하지 않으면 손해라는 생각이 들지만 그렇다고 아내 혼자 들어가는 건 아니지 않나.

나는 가볍게 한숨을 내쉬고 계단을 내려갔다. 지하층으로 연결되는 문은 예상대로 잠겨 있다. 방음 설계된 문은 묵직하고 초인종도 없다.

불길한 느낌이 들었다. 지하에는 오디오실뿐 아니라 작은 주방, 화장실, 샤워부스까지 갖춰져 있다. 그리고 그 시설은 전부이 문 너머에 있다. 즉, 일단 지하로 내려가 문을 잠그면 이론적으로는 지상의 사람과 전혀 접촉할 필요 없이 생활을 영위할 수 있다. 이 특이한 집을 지은 사람은 예전에 이름이 어느 정도 알려졌던 작가인가 시인인데, 일이 안 풀려 궁지에 몰리면 지하에 틀어박혀 몇 달이고 가족과 마주치지 않으며 지냈다고 한다.

"남편분도 아내분이랑 싸웠다고 지하에 틀어박히지는 마세요."

처음 이 집을 보러 왔을 때 부동산 중개업자가 그런 악취미적 농담을 했던 게 생각난다. 그 당시 우리는 행복한 신혼부부답게 밝게 웃어넘겼지만.

아니, 우리가 딱히 싸움을 한 건 아니지. 거실로 돌아와 다시 생각한다. 게다가 괴팍한 성격의 작가가 살았던 쇼와 말기*와 달

---

* 1980년대.

리 지금은 지하실과 연락할 수단쯤 얼마든지 있다. K의 메모에
도 분명 "무슨 일 있으면 전화나 메신저로 연락해"라고 쓰여 있
었다.

거참 귀찮네. 나는 그렇게 생각하면서 K에게 메시지를 보냈
다. K는 전화 통화를 싫어해서 어지간히 급한 일이 아닌 한 메시
지를 이용한다.

안녕. 일어났어?

안녕. 일어났지.

바로 답장이 왔다. 아마 한참 전에 일어났겠지.

왜 지하에 있어?

어제 얘기했잖아.
얼굴에 화상을 입어서 당분간 보이고 싶지 않다고.

물론 기억하지.
그치만 굳이 지하까지 안 내려가고 방에 있어도 되잖아.

오늘 당신 쉬는 날이라 집에 있잖아.

화장실에 가거나 할 때 얼굴을 볼 수도 있으니까.

그 정도로 보여주기 싫은 건가? 여자의 마음을 모르는 건 아니지만 이건 좀 지나치게 예민한 것 같다.

약간 덴 거잖아?

난 그런 거 신경 안 쓰니까 올라와.

당신이 신경 안 써도 나는 신경쓰여.

짜증이 치밀어오르는 걸 참고 나는 적절한 대답을 생각한다. 프로그래머답게 아내는 논리로만 움직인다. 내가 감정적으로 행동하면 그 시점에 지는 것이다.

그럼 이렇게 하자.

당신이 나오면 나는 무조건 내 방으로 들어갈게.

절대로 얼굴을 안 볼게.

그럼 문제없지?

안 될 것 같아.

보면 안 되는 것일수록 보고 싶어지는 법이니까.

그렇지 않아.

나는 당신의 의사를 존중해.

지금까지도 계속 그렇게 해왔잖아.

내 의사를 존중한다면,

내가 원하는 대로 당분간 가만히 내버려뒀으면 좋겠어.

미안해.

듣고 보니 맞는 말이다. 나는 예전부터 밀어붙이는 게 약하다.

그래.

마음이 내키면 언제든 올라와.

협상이 싱겁게 실패로 끝났지만 딱히 패배감은 없었다. K와 논쟁하면 대개 이렇게 되기 때문이다.

느긋하게 기다릴 수밖에 없겠다고 단념하기까지 그리 긴 시간이 걸리지 않았다. K를 따라 나도 논리적으로 생각해본다. 첫째, 여성이 화상이나 피부 트러블이 신경쓰여 다른 사람에게 안보이고 싶다고 생각하는 건 나름대로 정당성이 있다. 둘째, 나는 그 정당성을 주장하는 K를 논파할 자신이 없다. 셋째, K의 말대로 약간 덴 상처라면 일주일만 지나면 나을 것이다. 넷째, 그 정도 시간 동안 K를 못 만난다 해도 내 생활에 지장은 없다.

그런 이유로 나는 아마 삼 년 만에 혼자만의 주말을 보내게 됐다. 지하실에서 어떤 소리도 들려오지 않아 의식하지 않으면 K가 있다는 사실을 잊어버릴 것 같다. 점심은 인스턴트 라면에 양배추를 넣어 끓여 먹고 저녁은 역 앞에서 회전초밥을 사 먹었다. 독신으로 돌아간 듯해 의외로 기분이 좋았다.

4

K는 좀처럼 지하에서 나오지 않았다. 처음에는 이삼일이면 나을 화상이라고 했는데 한 주, 두 주가 지나도 상황이 변하지 않았다. 이건 얘기가 다르잖아, 그런 생각은 들었지만 본인이 얼굴을 안 보여주고 싶어하니 나로서는 어쩔 도리가 없다. 서로의 일이나 생활방식에 최대한 간섭하지 않는 게 우리의 규칙이다.

게다가 K가 지하에서 지내게 된 뒤에도 놀랄 만큼 내 생활에는 변화가 없었다. 원래 평일은 퇴근이 늦어서 K와 얼굴을 마주하는 건 아침식사 때 정도였고, 휴일도 누워서 뒹굴거리며 보내는 경우가 대부분이라 최근에는 둘이서 놀러 나간 기억도 없다. 섹스도 일 년 넘게 하지 않았다.

서로 공기 같은 존재가 된다고 중년 부부가 어느 인터뷰에서 대답하는 모습을 본 일이 있는데, 과연 그 말은 이런 의미였나. 하지만 우리는 아직 삼십대 중반이고 만난 지 오 년, 결혼한 지 삼 년이다. 그런 경지에 도달하기에는 다소 이른 게 아닌가 싶은 느낌도 있다.

K도 잘 지내는 듯했다. 이삼일에 한 번은 메시지가 오고 지금도 평일 저녁식사만은 매일 준비해준다. 어째선지 주요리가 튀김뿐이라 약간 이상한 기분이 들지만 내가 제일 좋아하는 음식이라 딱히 불만은 없다.

무엇보다 야근을 하고 와서 지친 터라 천천히 맛을 느낄 여유도 없다. 요즘은 막차를 놓쳐 택시로 귀가하는 날이 늘었고, 선거까지 겹친 탓에 휴일은 거의 반납하게 됐다. 지금은 일이 너무 힘들어 다른 데 신경쓸 여력이 없다는 게 솔직한 심정이었다.

격무 자체가 싫은 건 아니다. 괴로운 건 아무리 열심히 해도 보람이 없다는 점이다. 애초에 저출산 대책은 일개 시에서 해결할 수 있는 문제가 아니다. 일의 결승점이 전혀 보이지 않을뿐더러 심지어 시민의 원망을 살 때도 있다. N시에서는 어린이집 입소 대기 아동을 둔 시민의 불만이 높아지는 한편, 최근에는 시청 앞에서 젊은 주부들이 시위를 벌이거나 아동과 앞으로 불만 전화를 거는 일도 늘고 있다.

그중에는 진상 민원인한테 전화가 걸려와 한 시간이고 두 시간이고 앞뒤가 안 맞는 원망의 말을 들어야 할 때도 있다. 그렇다고 무시하고 끊어버릴 수도 없다. 복지 관련 부서에서는 가끔 호의를 오해하고 원한을 품은 사람이 쳐들어와 칼부림을 벌이는 사건이 일어난다. "우리는 공무원이니까"라는 과장의 입버릇을 떠올리며 견딜 수밖에 없다.

학창시절의 친구를 만나면 "공무원은 좋겠다, 일도 편하고 안정적인데다 민간기업보다 돈도 더 버니까"라며 비아냥거리는 말을 들을 때가 있는데, 고된 업무에 건강을 해쳐 그만두는 직원도 적지 않고 그후 재취업은 민간기업 경력자보다 어렵다. '그만두고 다른 일을 잘해낼 능력'이 없다는 의미에서 보면 꼭 민간보다 안정적이라고도 할 수 없는 것이다. 물론 그 나름의 각오와 기술이 있다면 이직이 불가능하지는 않지만 서른다섯 살인 나는 이미 그런 기력이 없다.

상황이 이렇다보니 K의 일은 한층 더 의식에서 멀어져갔다.

같이 살고 있다는 것 자체를 아예 잊을 때도 있다. 특히 아침에 혼자서 출근 준비를 하고 나갈 때는 집에 누군가 남아 있다는 인식이 거의 없다.

퇴근해보면 어김없이 식은 저녁식사가 테이블에 놓여 있어 그제야 겨우 K의 존재를 떠올린다. 단, 그것이 딱히 마음을 따뜻하게 하는 감각은 아니다. 물론 음식을 만들어주는 건 고맙지만 이집 지하에서 아내가 기척 없이 생활하고 있다는 상상을 하면 왠지 마음이 불편해진다. 손도 안 댄 여름방학 숙제를 떠올릴 때처럼.

시청 일은 아무 성과도 없는 고역 그 자체였으나 가정의 사소하지만 비정상적인 상황을 잊게 해준다는 점에서는 다행한 일이라 할 수 있었다.

다만 모든 일에는 예외가 있다. 직장에서도 K를 떠올리게 하는 남자가 한 명 있다.

"미카와 씨, 가끔은 한잔하러 가요."

이날도 퇴근 시간이 지났을 무렵 그 '예외'가 등뒤에서 말을 걸어왔다. 뒤돌아보지 않아도 누군지 바로 알 수 있다. 옆 부서에서 근무하는 히노다.

"미안하지만 아직 일이 남아서."

모니터에서 눈을 떼지 않고 말했지만 히노는 개의치 않고 내옆자리 의자—휴직중인 다나카의 자리—에 앉았다.

"쳇. 요즘 미카와 씨랑 어울리기 힘드네요. 그럼 이번 주 금요일은 어때요? 미팅하거든요. 오랜만에 미카와 씨도 오세요. 남자쪽 모집이 잘 안 돼서요."

"나는 이제 아저씨잖아. 그리고 무엇보다 기혼자라고."

히노가 우히히히 하고 악마 같은 웃음소리를 냈다.

"에이, 또 그러신다. 미카와 씨라면 아직 잘나간다니까요. 기혼자라 해도 결혼한 티가 안 나고 산뜻하잖아요. 말 안 하면 모를걸요. 실은 그런 얼굴로 남몰래 어디선가 놀고 다니는 거 아니에요?"

"괜히 오해 살 소리 하지 마."

"그러고 보니 오늘 후지타 씨 안 나왔어요?"

"쉬는 날이야."

"아쉽네요. 저는 후지타 씨가 꽤 마음에 드는데. 어리고 발랄해서 괜찮지 않나요?"

"그런가."

"그런가" 하고 히노는 내 말투를 흉내내더니 말한다. "또 또, 말은 그렇게 하면서 벌써 손댄 거 아니에요?"

"이봐, 큰 소리로 그런 말 하지 말라고." 나는 당황해서 목소리를 낮췄다. "괜히 이상한 소문이라도 돌면 어쩔 거야."

"괜찮아요." 히노가 사악한 미소를 띠며 작은 소리로 말한다.

"연예인과 달리 우리 같은 일반인은 어지간한 잘못을 저지르지 않는 한 불장난을 들킬 일은 없죠. 들키지 않는 한 누구한테 피해를 주는 것도 아니고요. 오히려 건강한 기분 전환이라 할까요. 우리끼리 하는 얘기지만 N시청 사람들도 무척 왕성해요. 누가 누구랑 몰래 사귀는지 알려드릴까요?"

히노는 평소 꽤 한가한지 자기 자리에 앉아 있는 일이 거의 없다. 어딘가 외출해서 딴짓을 하거나 시청 안을 어슬렁어슬렁 돌아다니며 누군가와 잡담하느라 바쁘다. 덕분에 일 처리는 깔끔하지 못하지만 N시청에서 제일가는 정보통으로 알려져 있다.

"듣고 싶지 않아, 그런 적나라한 얘기. 부탁이니까 다른 데서 내 이름은 들먹이지 말아줘. 아니 땐 굴뚝에 연기가 나는 경우도 있으니까."

내가 미간을 찌푸리며 쏘아보자 히노는 껄껄대고 웃는다.

"이런, 실례했습니다. 방금 한 말은 농담이에요, 농담."

히노가 앞에 한 말을 깔끔히 철회하나 싶더니 이번에는 또다른 귀찮은 화제를 꺼낸다.

"어쨌든 미카와 씨한테는 K씨가 있으니까요. K씨는 잘 지내죠?"

"뭐 그런대로."

"최근에 통 얼굴을 못 봤네요. 오랜만에 보고 싶은데. 전에는 가끔 집에도 초대해주더니 요즘은 어째 좀 야박해요."

"안 그래. 바빠서 그런 거지."

그러자 히노가 갑자기 묘한 표정을 지으며 말한다.

"K씨는 이상하게 고지식한 면이 있잖아요."

"……"

"혹시 아이 일을 아직 마음에 담아둔 게 아닌가 해서요."

"그런 거 아냐."

"괴로운 일을 잊는 데는 잔뜩 술 마시고 시끄럽게 떠드는 게
최곤데 말이죠. K씨한테도 안부 전해주세요. 다음에 또 같이 파
티하자고요."

"알았어, 말해둘게."

"진짜죠? 약속한 거예요."

히노가 끈질기게 물고 늘어지는데 과장이 회의에서 돌아왔다.

"또 자네야? 둘이 친한가봐."

"에헤헤, 그렇다고 게이는 아니고요. 우리는 어쨌든 미팅 멤버
니까요."

"쓸데없는 말 좀 하지 마."

그러나 고지식하고 융통성 없는 과장은 그 화제에 별다른 반
응 없이 말했다.

"그나저나 히노네 부서는 늘 퇴근이 빨라서 부러워."

"아하하. 저희는 한직이잖아요. 저한테는 이 정도가 속 편하고 좋아요."

히노는 시의 역사자료관 운영을 담당하고 있다. 자료관이래야 이 지역 출신 서예가나 시인의 작품 등이 조금 비치되어 있을 뿐이고, 방문객은 현장학습으로 찾아오는 지역 초등학생 정도다.

"그럼 미카와 씨, 방금 얘기한 그 건 잘 부탁드려요."

히노는 손목이 부러진 사람처럼 팔랑팔랑 손을 흔들며 사무실을 나갔고, 나는 내 귀에만 들릴 소리로 혀를 찬다.

다시 모니터로 시선을 옮겼지만 모처럼 향상됐던 집중력은 이미 바닥나 있었다.

5

히노가 쓸데없는 말을 한 탓이다. 후지타와 얼굴을 마주할 때마다 괜히 의식하게 되어버렸다.

후지타는 특별히 미인도 아니고 스타일도 내 취향이 아니지만 어리다는 점에서는 히노가 말한 그대로다. 새삼 다시 보니 꽤 글래머이기도 하다.

어디까지나 동료와의 소통을 강화하기 위해서라고 자기합리화를 하면서 나는 그녀가 좋아하는 산쟈니의 신곡을 유튜브에서 찾아 듣고 멤버의 얼굴과 이름을 외워보기도 했다. 덕분에 이동 중에 후지타와 나누는 대화도 조금은 화기애애해졌다.

"여섯 명 중에서 누가 제일 좋아?"

한번은 아무렇지 않게 물어본 적이 있다. 그러자 그녀는 특별히 누군가를 좋아하는 게 아니라 그룹 전체를 좋아하는 것뿐이라고 오묘한 대답을 했다.

"그럴 수가 있어? 여섯 명 다 얼굴도 전혀 다른데. 오소마츠상*도 아니고."

"저는 그래요. 여섯 명이 다 모였을 때 그 분위기가 멋있거든요."

"그래도 여섯 명을 동시에 볼 수 있는 요령은 없겠지. 주로 보게 되는 한두 명이 있을 거라고 생각하는데."

"아뇨, 동아시아인의 뇌는 요령 있게 볼 수 있어요."

동아시아인?

"일반적으로 서양인은 사람의 얼굴을 개별적으로 판별하지만," 후지타가 얘기를 술술 이어갔다. "중국인이나 한국인, 동남아시아인, 일본인의 뇌는 여러 명의 얼굴을 동시에 보고 평균화

---

* 여섯 쌍둥이 형제가 주인공인 아카쓰카 후지오의 만화.

해서 전체적인 인상으로 기억할 수 있다고 해요. 좋든 싫든 아시아가 개인보다 공동체가 존중되는 사회라 그런 식으로 뇌가 진화했는지도 모르죠."

갑자기 학구적인 분위기가 됐지 싶으면서도 은근히 재미있다.

"흠. 그래서 일본에선 아이돌 그룹 같은 게 인기 있는 건가. 그러고 보니 유럽이나 미국에는 드문 것 같아."

"아, 그럴지도 모르죠. 대체로 여러 명의 얼굴을 합칠수록 특징이 없어지니까 평균이라는 건 자연스레 반듯한 얼굴이 되는 거예요. 그래서 한 사람 한 사람의 얼굴이 딱히 잘생기지 않았더라도 나름대로 외모를 꾸민 인원이 어느 정도 모이면 멋있어 보이는 거죠."

"그런데 후지타 씨는 희한한 걸 잘 아네."

대학에서 심리학을 전공했다고 후지타가 대답했다.

"제가 이래 봬도 예전에는 카운슬러 지망생이었거든요."

나는 이렇게 엉터리 카운슬러가 있을 수 있나 생각했지만 물론 입 밖에 내지는 않았다.

"그런데 각각의 멤버를 자세히 봤더니 별로 안 멋있으면 팬으로서 감정이 확 식는 거 아냐?"

"그렇지 않아요." 그녀가 냉소를 지으며 말했다. "전체로서 좋아하는 거니까 그걸로 된 거죠. 어차피 그중 누군가와 사귈 수 있는 것도 아니고. 애초에 아이돌 팬으로 활동하는 정당한 동기 따윈 어디에도 없잖아요. 아이돌을 좋아하는 사람들은 사실 상대가 누구든 상관없어요. 돈과 시간을 들여 따라다니는 것 자체에 의미가 있는 거니까."

일리 있네. 나는 중얼거렸고 그렇게 대화가 끊어진다. 카오디오에서 오늘도 산쟈니의 신곡이 흘러나온다. 여섯 명의 목소리가 섞인 평균적인 음색, 특별히 좋지도 싫지도 않은 제이팝의 멜로디.

"앗, 잠깐 속도 좀 줄여주세요."

후지타가 급히 말했다.

"왜?"

"보세요, 벚꽃이잖아요. 아주 만개했어요!"

비즈를 붙인 손톱이 가리키는 방향을 보자 정말 민가 마당에 벚꽃이 피었다. 벌써 3월 하순인데도 올해는 좀처럼 날이 따뜻해지지 않아 아직 꽃이 핀 광경을 거의 보지 못했다. 이런 걸 구루이자키*라고 하던가. 얼떨결에 꽃에 매료되어 차를 세우고 내렸다.

그 건물은 산부인과였다. 간판의 글자는 색이 다 바래서 거의 안 보이고 마당과 건물도 완전히 황폐해져 사람의 기척이라곤 없다. 꽤 오래전에 폐업하고 이곳을 주거지 겸 일터로 썼던 의사

---

* 철이 아닌 때에 꽃이 피는 것.

는 이사했겠지. 금방이라도 무너져내릴 것 같은 낡아빠진 목조 가옥을 삼킬 듯 마당 가득 가지를 뻗은 벚나무가 연분홍색 꽃잎을 하늘하늘 흩날리고 있다. 어떻게 보면 인류가 멸망한 뒤 풍경 같기도 하다.

나는 일 년 전 K가 사산했던 때를 떠올렸다. 둘 다 그때 일은 언급하지 않아 기억도 점점 희미해진다. 하지만 그 사건 이후 우리는 섹스를 안 하게 됐다. 성욕이 없어서도 아니고 둘 사이가 식어서도 아니다. 내 몸이 반응하지 않게 된 탓이다.

조금 암울한 기분으로 벚꽃을 올려다보는데 후지타가 내 어깨를 콕콕 찌른다. "저기" 하며 가리키는 쪽을 보니 벚나무 가지 너머로 분홍색 건물이 있다. 낡고 추레한 러브호텔이었다.

"대단하죠." 키득키득 웃으며 후지타가 말했다. "산부인과와 러브호텔이 이렇게 가까이 있다니."

"인생의 아이러니를 느끼게 하네. 생각하기에 따라 합리적인 걸지도 모르지."

"호텔측에서 본다면 영업 방해일지도요."

"하긴 의욕이 사라지겠는걸."

우리는 아동과 직원에게 안 어울리는 악취미적 농담에 서로 조용히 웃었다.

40

6

이날도 시청으로 돌아오자 업무가 쌓여 있었다. 일 처리를 시작하려는 순간 전화가 걸려온다. 수화기 너머에서 다짜고짜 여자 목소리가 들린다.

"당신 때문에 내 인생이 엉망진창이 됐어요. 어떻게 책임질 거예요?"

또 이 여잔가. 최근 들어 자신을 스즈키라고 밝힌 여자가 매일같이 전화를 걸어와 주구장창 똑같은 푸념을 쏟아낸다. 들어보니 여자에게 두 아이가 있는데 어린이집 정원이 꽉 차 아이들을 맡기지 못해 자신도 직장에 복귀할 수 없다는 것이다. 남편마저 실직해서 생활이 점점 곤궁해져간다고 한다. 심정은 이해하지만 그게 내 탓도 아니고 내가 어떻게 할 수도 없는 일이다. 어서 전화를 끊고 일하고 싶다. 하지만 여자가 뭔가에 홀린 듯 쉼 없이 떠들어대서 좀처럼 원만하게 얘기를 자를 수가 없다. 간신히 전화를 끊었을 때는 이미 퇴근 시간이 지나 있었다.

일이 늦어진 걸 만회하고자 맹렬한 기세로 자료를 만드는데 이번에는 히노가 찾아왔다.

"오늘도 야근이에요? 피곤하겠어요."

내 뒤에 선 채로 말을 건다.

"그렇지 뭐."

"후지타 씨는요?"

"아까 퇴근했어."

"아뿔싸!" 나보다 어린데도 히노의 리액션은 이상하게 구식이다. "오늘도 엇갈린 건가. 서둘러 나왔는데. 미카와 씨는 좋겠어요, 후지타 씨랑 같은 부서에다 대낮에도 당당히 데이트할 수 있어서."

"데이트?"

나는 가슴이 철렁해서 손을 멈추고 히노를 돌아본다. 양심의 가책을 느낄 일을 한 적이 없는데도 당황하게 된다.

"오늘도 드라이브했잖아요."

뭐야, 그 얘기야. 나는 다시 책상을 마주한다.

"바보, 그건 일이잖아. 게다가 시청 차로 외근하는 거 그리 좋지도 않다고. 살짝만 부딪혀도 난리가 나니까."

"어쩌면 후지타 씨가 미카와 씨한테 마음이 있지 않을까요?"

"그럴 리 없지. 자네만큼 젊다면 얘기가 다르겠지만."

"나이 차도 조금밖에 안 나잖아요. 저도 곧 서른이라고요."

"서른 언저리하고 마흔 언저리는 차이가 커."

"그럼 제가 후지타 씨를 차지해도 됩니까?"

"하고 싶은 대로 하면 되잖아."

"에헤헤. 농담이에요. 사내 연애는 피곤하잖아요. 그리고 제
1순위는 지금도 K씨니까요."

나는 쓴웃음을 지었다. 이런 말을 뻔뻔스레 하는 것도 재능이
라면 재능일지 모르겠다.

"그게 더 문제야."

"하하하. 그런데 미카와 씨도 너무해요. 그렇게 집에 놀러가고
싶다고 하는데도 늘 심술궂게 저를 못 오게 하잖아요."

"일이 좀 정리되면 부를게."

나는 태연히 대답했지만 손님을 부를 수 없는 진짜 이유는 K가
지하에서 나오지 않기 때문이다. 싫은 생각을 떠올리게 하지 않
았으면 좋겠다.

"치, 얼렁뚱땅 넘어가시네요. 저를 푸대접하면 조만간 벌받습
니다."

"뭐야, 벌이라니. 네가 신이라도 돼?"

"제가 미카와 씨 부부의 큐피드잖습니까. 큐피드는 성모마리
아의 아들이잖아요? 그럼 신이나 마찬가지죠."

"큐피드의 어머니는 비너스야. 너야말로 얼렁뚱땅 아무 말이
나 하지 마. 조만간 부를 테니 일하는 데 방해 말고 이만 가줘."

"네네, 실례 많았습니다."

히노는 또 장난스러운 투로 까부나 싶더니 자취를 감췄다. 돌

아보니 이미 없다.

"저 녀석은 바람처럼 나타났다 바람처럼 사라지네."

과장이 신기하다는 듯 말하기에 나는 대답했다.

"꽤 구린내나는 바람이죠."

7

이날 결국 막차를 놓쳐 택시로 귀가했다.

택시 특유의 냄새와 차가운 시트의 감촉에 사로잡힌 순간 졸음이 쏟아져 의식이 아득해진다. 짧고 단편적인 꿈을 꾸다 잠이 깬다.

'제가 미카와 씨 부부의 큐피드잖습니까.'

히노의 목소리가 귓속에서 재생된다. 활을 든 가련한 소년 신의 이미지와 히노의 모습은 전혀 닮지 않았지만 그의 말에도 일리는 있다. 히노가 아니었다면 내가 K와 만나는 일은 없었으리라.

히노의 인맥은 영문을 알 수 없게 넓어서 그가 주최하는 미팅에는 대기업 사원을 비롯해 은행원, 의사, 경찰관, 디자이너, 모델 등 실로 다양한 여성이 모였다. 그중 가장 수수한 사람이 K였다. 그녀는 당시 IT 업계의 작은 벤처기업에서 프로그래머로 일하고 있었다. 그 말을 듣고 보니 확실히 이과생다운 분위기였다.

미팅 자리에서도 K는 유독 눈에 띄지 않는 존재였다. 어리지도 않고 특별히 내세울 만한 미인도, 글래머도 멋쟁이도 아니었다. 그렇다고 지금이 기회라는 듯 활약하는 '눈치 빠른 여자'도 아니었다. 술자리 자체도 그다지 익숙하지 않은지 주최자인 히노가 신경써서 일부러 말을 걸 때 말고는 대부분 생글생글 웃으며 다른 이들의 얘기를 듣고 있을 뿐이었다. 미팅이 대개 그렇듯 그날도 별다른 수확 없이 해산했다. 여자들과 예의상 메신저 아이디를 교환했지만 그 누구에게도 메시지를 보내지 않았다.

그런데 며칠이 지나서 문득 K가 생각났다. 정확히 말하면 그녀가 술자리에서 보여준 표정이 생각난 것이다. 처음부터 끝까지 부드럽게 조심스러운 미소를 띠고 있었는데, 그 미소가 잘 연마된 철판처럼 균일해서 다른 여자가 직장 일에 대한 불만을 토로할 때도, 히노가 저질스러운 성적 농담을 던질 때도 전혀 변하지 않았다. 종종 다른 화려한 여자들에게 가려져 기억에 남지 않았던 그 표정이 이제 와 묘하게 인상적으로 떠오른다. K는 그때 대체 무슨 생각을 했던 걸까. 어쩌면 뭔가에 매우 화가 났었는지도 모른다. 아님 개발중인 게임의 알고리즘이나 인공지능의 미래상에 대해서라도 생각하고 있었던 걸까.

몇 번인가 눈이 마주친 것 같은데, 나에 대해서는 어떻게 생각했을까? 그러자 갑자기 K가 보고 싶어져 메신저로 연락했다.

다음 휴일, 우리는 오피스 타운의 카페에서 다시 만났다. 장소를 정한 건 그녀였다.

"휴일에 번화가는 어디든 혼잡하잖아요?" K가 말했다. "모처럼 쉬는 날인데 일부러 혼잡한 장소에 가는 건 합리적이지 않은 것 같아요."

"전적으로 동감해요."

"그래도 이런 말은 안 하는 편이 좋겠죠."

"왜요?"

그러자 K가 굉장히 쓴 음식을 먹었을 때처럼 얼굴을 찌푸려서 나는 놀랐다. 딱히 기분이 언짢거나 화가 나서가 아니라 뭔가를 생각할 때 나오는 버릇인데, 그 사실을 알게 된 건 조금 나중의 일이다.

"여자답지 않다느니 특이한 사람인 척한다느니, 이런저런 말을 하는 사람들이 있으니까……"

"그런 건 신경쓸 필요 없어요."

"미카와 씨라면 그렇게 말해줄 것 같은 느낌이 들어서 나온 거예요."

"기분좋네요. 그런데 왜 그렇게 생각했어요?"

"조금도 안 즐거워 보였으니까요. 술 마실 때. 나랑 비슷하다고 생각했어요."

나는 웃었다.

"제대로 알아봤네요. 초대받은 입장이라 예의상 히노와 같이 분위기를 띄워보려고 나름대로 애쓰기는 했어요."

"히노 씨는 진심으로 즐겼던 것 같아요." K가 웃었다. "그래도 저는 그런 사람을 별로 안 좋아해요."

"특이한 걸 얘기하자면," 문득 생각나서 내가 말했다. "메시지 마지막에 서명으로 항상 K라는 이니셜만 쓰잖아요. 케이 씨의 이름은 한자로 어떻게 쓰나요?"

"사실 제 이름은 알파벳의 K예요."

"아, 그렇군요. 놀랍네요. 이름으로 알파벳을 사용할 수도 있군요."

그러자 K가 다시 얼굴을 찌푸리며 말했다.

"아뇨, 그게 아니라…… 뭐라고 말해야 하지? 호적상으로는 '惠'*라는 한자를 써요. 법적으로 알파벳을 사용할 수 없어서. 하지만 우리집에서는 K가 정식 이름이에요."

"와, 부모님께서 소신 있는 분이네요."

---

* 은혜 혜(惠)의 일본식 약자.

탱고 인 더 다크 47

"아버지가 철학과 교수인데 좀 특이한 분이에요. 그래서 첫 자식이 태어날 즈음에도 '성명판단*에 의지하는 건 물론이고 의미 있는 한자를 사용해 부모의 바람을 의탁하는 건 야만적인 일이다, 가능하면 의미 없는 청결한 이름을 붙이겠다'며 성별에 상관없이 K라고 명명했다고 해요. 그런데 아는 변호사에게 물어보니 이름으로 알파벳은 사용할 수 없다고 해서 어쩔 수 없이 호적에는 한자 '惠'로 올리기로 한 거죠. 정말 특이하죠?"

"그러게요. 그다지 일반적이라 할 순 없겠네요."

나는 그녀가 그런 독특한 분위기를 지닌 이유를 어느 정도는 알 것 같았다.

그러나 그녀의 이름을 둘러싼 기묘한 이야기는 아직 끝이 아니었다.

"완고한 아버지도 일단 그렇게 이름을 붙이는 걸 납득한 눈치였는데, 막상 아이가 태어난 뒤에 새로운 문제가 생겼어요."

"문제요?"

"쌍둥이였던 거죠. 그것도 일란성에 둘 다 여자아이. 검사가 엉터리였는지 태어날 때까지 몰랐다고 해요."

"큰일났네요. 고심해서 이름을 지었는데 하나를 더 생각해야

---

* 사람의 이름을 분석해 운명 따위를 점치는 일.

하니까."

"그런데 또다시 아버지가 예의 철학을 발휘해버렸죠. 쌍둥이니까 똑같은 이름으로 하면 된다고 한 거예요."

나는 마시던 커피를 살짝 뿜고 말았다.

"대단하시네요. 역시 법률상 그건 안 되죠?"

"네. 그런데 일본 호적에는 이름의 후리가나*까지 등록하진 않아서 한자 표기가 다르면 문제없어요."

"그렇군요."

점점 머릿속이 복잡해진다.

K는 핸드백에서 펜을 꺼내더니 테이블에 세워져 있던 냅킨을 한 장 펼쳐 이렇게 썼다.

恵

惠

"이거 거의 똑같은 글자잖아요?"

"약자와 정자의 차이일 뿐이죠. 제가 정자인 惠. 호적과에서 언쟁이 있었지만 간신히 오케이됐다고 해요."

"발음은?"

"둘 다 케이예요."

---

* 일본어 한자의 읽는 법을 표기하는 것.

장남이라 하지메*라는 평범 그 자체인 이름을 얻은 나로서는
믿기 어려울 만큼 복잡한 스토리다.

"그럼 집안에서 부를 때 곤란하지 않나요? 이름도 얼굴도 똑
같으면 구별할 방도가 없잖아요."

"당연하죠." K가 쓴웃음을 지었다. "처음에는 실험적인 발상
에 흐뭇해했던 아버지도 결국 한집에 이름이 같은 쌍둥이가 있
다는 불편함을 깨닫고 타협했어요. 저를 '언니야', 동생을 'K'라
고 부르는 게 습관이 됐어요. 학교 선생님과 친구들도 자연스레
우리를 그런 식으로 구분해 부르게 됐고요."

"매번 이름이 아닌 '언니야'라고 불리는 게 괜찮은가. 이상한
느낌 안 들어요?"

"아뇨."

K는 미소를 지으며 커피잔을 물끄러미 바라보았다. 프로그래
머라는 직업의 특성 때문인지 약간 새우등이다. 나는 그 점이 왠
지 맘에 든다고 생각했다.

"잘 모르겠어요. 보통 가정에서도 언니를 '언니야'라고 부르
는 일은 자주 있는 것 같아요. 거기다 제 경험이 아무리 특수하
다고 해도 제가 다른 인생을 살아본 적이 없는 이상 그것과 어떻

---

* 일본에서 흔히 장남에게 붙이는 이름.

50

게 다른지 비교하는 건 어렵지 않을까요."

K의 논리적인 성격은 아버지에게 물려받은 건지도 모르겠다.

"하긴 그렇네요. 제 질문이 잘못됐어요."

"아뇨, 그렇지 않아요." K가 고개를 저었다. "미카와 씨가 말하고 싶은 게 뭔지 알아요. 지극히 조심스레 말하자면 제가 독특한 양육방식으로 자란 건 사실이니까요. 게다가 여러 요인이 얽힌 결과라고 생각하지만 저와 여동생은 전혀 성격이 다른 자매로 자랐어요. 저는 보다시피 수수하고 온순한 사람으로 컸지만, 동생은 어릴 때부터 굉장히 활발한 아이였고 남자애들에게도 인기가 있었죠. 지금은 소규모 의류 브랜드의 경영자 겸 디자이너예요. 물건을 매입하거나 패션쇼를 보기 위해 해외를 여기저기 날아다니죠. 독신이라는 점은 저와 같지만 이유는 정반대예요. 그애는 인기가 너무 많아서 결혼할 수 없어요."

K는 조금 씁쓸한 듯 웃고는 커피를 한 모금 마셨다.

"그리고 K씨, 그러니까 동생이 아니라 당신은," 내가 물었다. "인기가 없어서 결혼을 못하는 거고요?"

"네. 자기비하로 보일지 모르지만 사실이니까요. 어설픈 위로의 말은 하지 말아주세요."

"어설픈 위로 같은 거 안 해요. 저도 그런 건 싫어하거든요. 매사 솔직히 말하는 편이 훨씬 낫죠. 저는 K씨의 그런 화법이 좋아요."

"고마워요."

"게다가 K씨가 인기 없다고 하니 살짝 기쁜데요."

"왜요?"

"그만큼 K씨를 만나기가 편해지니까요."

"선수네요."

K는 쿨하게 말했지만 하얀 피부가 발그레해지는 걸 나는 놓치지 않았다.

그때 점원이 불쑥 끼어들었다.

"손님."

"뭡니까, 갑자기."

"손님, 손님!"

점원에게 내 목소리가 안 들리는 모양이다. 집요하게 '손님'을 불러댄다.

"그러니까 무슨 일이냐고요……"

그러자 이번에는 내 어깨를 붙잡아 세게 흔들어대는 바람에 깜짝 놀라 눈을 떴다.

"손님, 일어나세요. 도착했습니다."

눈앞에 운전기사의 얼굴이 있다. 나는 퇴근길 택시 안에서 잠들었던 것이다.

8

묘하게 생생한 꿈이었어.

나는 여느 때처럼 거실에서 튀김을 먹으며 택시 안에서 꾸었던 꿈을 곱씹었다. 꿈이지만 내용은 사실 그대로였고, 나눴던 대화도 그랬던 것 같다. 의외로 기억력이 좋은데, 하는 감탄과 동시에 어딘가 찜찜한 기분도 들었다. 뭐지? 중요한 뭔가를 잊었는데 그게 뭔지 모르겠다.

뭐, 피곤해서 그런 거겠지. 크게 신경쓰지 않기로 하고 설거지를 시작한다. K는 지금도 지하에 있을까. 이미 자고 있으려나.

생각해보면 처음 만났을 때부터 조금 특이한 여자였지만 설마 집안에서 얼굴을 마주치지 않게 되리라고는 상상도 못했다. 그때는 행복했다느니 하며 무책임하게 과거를 미화할 생각은 없다. 당시에는 우리도 지금보다 젊었고 모르는 것도 많았다. 좋든 싫든 사람이 변하는 건 당연한 일이다. 요즘은 거울을 보면 예전의 아버지 얼굴을 닮아가는 걸 느낀다. 무리도 아니지, 오 년 뒤에는 마흔이니까.

한 살 아래인 K도 비슷한 처지다. 처음 만났을 무렵의 반짝임이 다소 사라졌대도 어쩔 수 없다. 처음 만났을 때 그녀는 이십대 후반이었다. 누구나 입을 모아 말할 만한 미모의 소유자는 아니었지만 조용히 사람을 빨아들이는 듯한 독특한 매력이 있었던 건 분명하다.

거기까지 생각했을 때 막연했던 낯설음의 정체를 깨달았다.

'어떤 얼굴이었지?'

생각나지 않는다. 그때의 K는 물론 현재의 얼굴도. 아니, 아까 꾼 꿈에서는 분명 보았을 것이다. 그토록 생생한 꿈이었는데 몇 번이나 머릿속으로 재생해봐도 K의 얼굴 부분에만 희뿌연 구멍이 나 있다.

설거지를 중단하고 물을 잠근다. 일단 진정하자. 별문제 아니다. 건망증은 누구에게나 있다. 하지만 나는 이미 생각보다 동요하는 듯하다. 다리에 제대로 힘이 안 들어간다. 혹시 몰라 싱크대 가장자리를 손으로 붙잡고 숨을 길게 내뱉는다.

K의 외모를 아예 잊어버린 건 아니다. 멀리서 보았을 때의 분위기와 가냘픈 체구는 떠올릴 수 있다. 기타 치는 사람치고 작은 손바닥과 의외로 근육이 탄탄한 장딴지, 정맥이 드러나 보이는 얇은 피부의 질감도. 그러나 얼굴은 떠오르지 않는다. 눈이 홑꺼풀이었는지 쌍꺼풀이었는지. 콧날의 길이와 각도. 입술 두께. 사마귀의 위치. 윤곽조차도 전혀 모르겠다. 결혼하고 삼 년 동안 거의 매일 보았던 얼굴인데.

내 머리가 이상해진 건가. 얼마 전 TV에서 본 안면인식장애라는 단어가 뇌리를 스친다. 뇌의 특정 부위가 어떠한 이유로 고장나면 다른 사람의 얼굴을 얼굴로 인식하지 못하거나 기억하지 못하게 된다고 한다. 그런 현상이 연상되자 겁이 났지만 과장이나 후지타의 얼굴은 문제없이 떠올랐다. 십오 년도 넘게 만나지 않은 고교 시절의 친구나 선생님의 얼굴도. 얼굴을 인식하는 기능에는 문제가 없다는 뜻이다.

그럼 기억력에 문제가 있는 건가. 하긴 나는 원래 굉장히 잘 잊는 경향이 있는데다 서른을 넘기고부터 부쩍 기억력이 나빠졌음을 자각하고 있다. 그래도 일상생활이나 업무에 지장을 준 적은 아직 없고, 학생 때와 비교해 건망증이 심해지는 건 당연한 이치다.

대체 무슨 일이 일어난 거지?

나는 설거지를 팽개치고 의자에 앉아 테이블에 팔꿈치를 괴고 생각한다. 별일 아냐. 다시 한번 자신을 타이른다. 그저 일시적인 현상이야. 하룻밤 푹 자고 나면 해결되겠지. 하지만 의자에 앉고 나서도 몸이 불안정하게 떨리는 느낌은 가시지 않고, 한순간도 K의 얼굴에 대한 생각을 떨칠 수 없다. 흥분해서 잠도 못잘 것 같다.

어떻게든 오늘밤 안에 K의 얼굴을 확실히 떠올릴 방법이 없을까. 제일 간단한 방법은 직접 그녀를 보는 거지만 K는 얼굴을 안 보이고 싶다는 이유로 문 잠긴 지하실에 있다. 게다가 지금은 한밤중이다. 그리 쉽게 보여줄 리 없다.

그렇지, 사진을 보면 돼. 나는 의자를 걷어찰 듯한 기세로 일어섰다 바로 맥없이 앉는다. 우리집에 앨범이 한 권도 없다는 사실을 깨달았기 때문이다. 대개 가정에 결혼식 사진쯤은 있기 마련이지만 공교롭게도 우리는 결혼식을 올리지 않았다. K가 사진 찍기를 대단히 싫어해 여행지에서도 나만 사진을 찍었다. 지푸라기라도 잡는 심정으로 스마트폰의 사진 폴더를 열어봤으나 역시 K의 얼굴이 찍힌 사진은 한 장도 없었다. 이럴 줄 알았으면 결혼식은 할 걸 그랬다.

K의 사진을 갖고 있을 만한 지인을 생각해봤지만 K와는 단체 미팅에서 만났기에 공통되는 지인이 극히 적어서 머릿속에 떠오르는 건 히노 정도다. 그 녀석이라고 K의 사진을 갖고 있을 것 같진 않다. K의 친정에 가면 가족사진이나 졸업사진이 있겠지만 친정은 도호쿠 외곽에 있고, 신뢰를 저버리는 일이 거듭되어 완전히 소원해진 상태다. 이제 와 새삼스레 딸의 사진을 보여달라고 엉뚱한 부탁을 할 순 없다.

애초에 아내의 얼굴을 떠올리기 위해 사진을 찾는다는 행위 자체가 비정상이다. 그런 짓을 하는 남편이 대체 어디 있겠나. 오늘 나는 아무래도 정상이 아니다. 계속된 수면 부족에 지친 거다. 포기하고 자는 게 좋겠다.

머리로는 분명 그렇게 이해하면서도 지금 당장 K의 얼굴을 보고 싶은 충동을 억누를 수 없다. 남은 방법은 직접 만나는 것뿐. 생각이 거기에 미친 순간, 나는 깜짝 놀랐다. 왜 이제껏 그렇게 하지 않았지? 후회스러운 마음이 구역질처럼 슬금슬금 치밀어오른다. 물론 지금까지 몇 번인가 K에게 지상으로 나오라고 제안은했다. 다만 어디까지나 그녀가 조만간 나오리라는 낙관적인 예측에서였고, 절실한 위기의식이 없었다는 건 K에게도 틀림없이 전해졌을 것이다. K가 지하에 숨은 지 한 달이나 지났다. 위기는 진작에 현실이 되었다.

시계를 보니 새벽 1시가 넘었다. 보통 밤늦게까지 깨어 있는 K도 이 시간이면 자겠지. 가능하면 지금 당장 전화를 걸고 싶지만 몰상식한 놈이라는 나쁜 인상을 줘봐야 좋을 게 없다.

나는 "자?" 하고 메시지를 보냈다. 답장이 없으면 오늘밤은 포기할 수밖에.

그런데 내가 보낸 메시지에 곧바로 '읽음' 표시가 떴다. 그녀가 아직 깨어 있었다.

안 자.

스탬프도 이모티콘도 없는 무뚝뚝한 문장이지만 딱히 화가 난 것도 기분이 언짢은 것도 아니다. 그녀는 예전부터 그랬다. 처음에 나는 여자들에게 점수를 따고 싶어 쓸데없이 귀여운 이모티콘과 스탬프를 남발했는데, K가 의연하게 텍스트만 적은 딱딱한 메시지를 보내와서 어느샌가 나도 거기에 맞추게 됐다.

뭐했어?

컴퓨터로 이것저것.
오늘도 늦게 퇴근했지?
고생했어.

고마워.
튀김 잘 먹었어.
맛있더라.

다행이네.

K의 답장은 빠르고 간결하다. 고성능 AI가 순식간에 반응하는 것처럼 속도감이 있다. 그런 만큼 그녀의 문장을 보고 감정의 움

직임을 파악하기는 어렵다. "다행이네"라는 한 문장을 K는 어떤 표정으로 썼을까. 튀김 기름이 튀어 화상을 입었다고 그녀는 말했다. 지금도 흉터가 남아 있는 걸까. 그게 아니면 화상은 단순한 핑계고 나를 피하는 것뿐일까. 나한테 불만이 있나? 그렇다면 어째서 집을 나가지 않고 지하 같은 데 틀어박혀 있는 거지? 아무리 생각해도 모르겠다.

그녀의 심정을 이리저리 짐작해보다 정신을 차리니 메시지를 확인한 지 십 분 넘게 지났다. 낭패다. 이러면 '읽씹' 상태잖아.

결국 나는 노골적으로 이렇게 썼다.

지금 만날 수 있을까?

왜?

보고 싶어서.

이 시간에?

안 돼?

미안해.

안 보고 싶은 건 아니지만, 아직 얼굴을 보이기는 싫어.

아직 화상이 안 나은 거야?

응. 이제 조금만 있으면 될 것 같아.

사실일까. 의심스럽지만 그녀가 보여주지 않는 이상 확인할
도리가 없다. 그렇다고 강경하게 얼굴을 보여달라 재촉하는 건
성급한 처사이리라. 지금은 신사적으로 나가야 한다.

절대로 얼굴을 안 본다는 조건이면 어때?

그건 어렵지.

당신이 눈이라도 가릴 거야?

아님 내가 복면이라도 써야 되나?

불을 다 끄는 건 어떨까?

지하실은 불을 꺼도 바깥 불빛이 안 들어올 테니까.

아무것도 안 보일 거야.

그건 당신이 불을 안 켠다는 가정에서잖아?

그렇지.

불을 켜지 않겠다는 걸 증명할 수 있어?

증명이라고? 손가락이 멈춘다. 앞으로의 자기 행동을 논리적으로 증명할 수단 같은 게 있을까. 자신의 성실함을 호소하면 되는 걸까. 하지만 그 근거를 대라고 하면 곤란하다. 내가 할 수 있는 건 증명이 아니라 신뢰를 바라는 것뿐이다. 나는 K에게 신뢰할 가치가 있는 성실한 남편이라 할 수 있을까. 솔직히 별로 자신이 없다.

이리저리 고민하는 사이에 또 시간이 흘러간다.

그러자 K는 내 무언을 대답이라 여겼는지 이런 메시지를 보낸다.

거봐, 어렵잖아.

아냐, 아직 생각하던 중이었어.

아마 어려울걸.

그럼 내가 조건을 걸어도 돼?

조건? 상황이 희한하게 흘러간다. K의 흐름에 계속 휘말린다. 그런데 거기에 편승하지 않을 도리가 없다.

어떤 조건?

내가 만든 퍼즐게임에서 이용자 상위 10위 안에 들기.

게임? 그런 건 언제 만들었어?

나는 깜짝 놀라 되묻는다. K는 임신을 계기로 회사를 그만둔 이후 프리랜서 프로그래머가 되었다. 하지만 실제로는 개점휴업 상태라 가끔 용돈벌이로 예전 직장에서 일감을 받아 집에서 프로그램을 짜는 정도였다.

삼 개월쯤 전부턴가.

출시한 건 지난달이지만.

예전 회사에서 받은 일이야?

아니. 나 혼자서 만들었어.

그럼 그렇지, 그런 거였구나. 마음이 놓였다. 단순한 스마트폰 게임은 프로그램만 어느 정도 다룰 줄 알면 학생도 만들 수 있다고 한다. 프로그래머 출신 주부가 취미로 게임을 만들었다 해서 그리 희한한 일은 아니다.

나도 대학생 때까지는 게임에 꽤 몰입했었고, 퍼즐 계열은 자신 있다. 어떤 게임인지는 몰라도 출시한 지 한 달쯤 된 개인 제작 게임이라면 이용자도 아직은 많지 않겠지. 하지만 잠깐.

혹시나 해서 물어보는데 유료 결제 안 하면 이길 수 없는 게임은 아니겠지?

걱정하지 마. 무료 어플리케이션이니까.
캐릭터나 배경화면을 바꾸려면 유료 결제가 필요하지만 그걸로 게임에서 유리해지진 않아.
나는 돈 쓴 사람이 이기는 게임 같은 거 싫어하니까.

좋아.

그 승부 받아들이지.

9

만만하게 봤다. 잘하면 오늘밤 단숨에 상위권에 등장해 K를
깜짝 놀라게 할 수 있으리라 생각했다. 그렇게 의기양양하게 게
임을 다운로드한 나의 자신감은 순식간에 산산조각나고 말았다.

우선 내가 놀란 건 이용자 수다. K가 만든 '오르페우스'라는
게임은 놀랍게도 이미 전 세계에서 300만 건 넘게 다운로드됐
다. 대단한 히트작이다.

일부 유료 서비스도 있어서 상당한 이익이 그녀의 수중에 들
어간다. 예상치 못한 큰 충격이었다. K가 지하에 틀어박힌 일에
대해 내가 낙관적으로 생각할 수 있었던 이유 중 하나는 그녀에
게 경제력이 없다는 것이었다. 아무리 고집을 부려도 결국 궁해
서 나오리라 생각했는데 이 농성이 생각보다 오래갈지도 모르겠
다. 게다가 이렇게 이용자가 많은 게임에서 상위 10위 안에 드는
건 꽤 장벽이 높다.

다음으로 놀라웠던 건 게임의 성격과 높은 난이도였다.

오르페우스는 '뿌요뿌요'*와 체스를 결합한 듯한 퍼즐게임이었다. 위에서 줄지어 떨어지는 여러 개의 체스 말을 지상에 쌓아올려 같은 말이 일정 수로 나란히 서면 소멸되어 점수를 얻는다. 그뿐이면 뿌요뿌요와 똑같지만, 지상의 말을 체스 규칙에 따라 움직일 수 있는 점이 특색이라 게임을 하면서 복잡하게 머리를 써야 하는 묘미가 있다. 거기다 포커처럼 '역할'의 개념이 있어 일정한 배열로 말을 배치하는 데 성공하면 보너스 점수가 들어온다.

정말이지 K의 작품답게 정교한 게임이다. 적지 않은 이용자가 '너무 어렵다'며 금방 포기해버리는 한편, 열성적인 팬도 다수여서 실력에 자신 있는 게이머끼리의 대전도 전 세계에서 성행하는 모양이다. 인기를 끄는 이유는 이 계열의 다른 퍼즐게임과 비교해 지적인 요소가 강해서인데, 현재 챔피언 자리에 군림하는 이용자의 정체가 몬트리올에 사는 유명한 수학자라는 소문이 있다. 과연 K가 만든 게임이다.

그러나 나도 퍼즐게임을 좋아하고, 어쨌든 개발자의 남편이 아닌가. 의외로 어떻게든 되지 않을까 싶었는데 아무래도 나는 '금

---

* 일본에서 발매한 디지털게임으로 테트리스와 비슷하다.

방 포기해버리는' 인간이었던 모양이다. 생각해야 하는 게 너무 많아 순식간에 사고 회로가 합선되어 끊어져버린다.

대개 게임은 몇 번쯤 반복해서 하다보면 점점 요령이 생기기 마련인데 오르페우스는 달랐다. 몇 번을 도전해도 좀 강하다 싶은 상대는 이길 수가 없다. 운이 개입할 요소가 적어 실력 차가 쉽게 드러난다는 점에서 체스나 장기와 비슷하지만, 체스나 장기의 경우 재능이 없는 사람도 끈기 있게 정석을 익히면 초보자에게 지는 일은 없다. 그런데 오르페우스는 체스처럼 전통적인 정석이 없어서, 가령 필승 패턴을 찾았더라도 연달아 내려오는 말에 순발력 있게 반응하지 못한다면 아무 도움이 안 될 것이다. 즉, 지식도 노력도 재력도 이 게임 앞에서는 무력하다. 타고난 지능과 운동신경만으로 거의 승부가 결정된다. 그런 의미에서는 정말 냉철한 게임이라 안티가 많은 것도 당연하다. K도 참 무자비한 게임을 만들었다.

그건 그렇다 치고, K는 왜 오르페우스라는 이름을 골랐을까. 오르페우스는 그리스신화의 인물이지만 게임에서 특별히 그런 스토리가 전개되는 것도 아니고 그리스신화의 세계관이 있는 것도 아니다. 그런 이름을 붙인 의미를 잘 모르겠다. 인터넷 게시판을 보니 이용자들 사이에서도 해석이 분분한 모양이다.

오르페우스 신화를 다시 한번 알아봤더니 다음과 같았다.

음유시인 오르페우스는 리라의 명수다. 그가 연주하면 숲속 동물은 물론 초목과 바위까지 넋을 놓고 귀기울일 정도였다. 아내 에우리디케와 행복하게 지내던 어느 날 그녀가 독사에게 물려 죽는다.

그래서 오르페우스는 아내를 되찾기 위해 저승세계로 내려갔다. 스틱스강의 뱃사공인 완고한 노인 카론과 저승문을 지키는 경비견 케르베로스가 막아서지만 명수 오르페우스가 애절하게 리라를 연주하자 순식간에 다들 매료되어 순순히 그의 앞길을 열어준다.

마침내 오르페우스는 저승의 왕 하데스와 그의 아내 페르세포네가 있는 곳에 도착하고, 이번에도 리라를 연주하면서 에우리디케를 지상으로 데려가게 해달라고 청한다. 페르세포네는 자신도 지상에서 하데스에게 납치된 과거가 있기에 그의 연주에 마음이 움직여 하데스를 설득한다. 이에 하데스는 조건을 걸고 에우리디케를 데려가는 것을 허락한다.

그 조건이란 '저승을 빠져나갈 때까지 결코 뒤를 돌아봐선 안된다'는 것. 오르페우스는 그 말대로 한 번도 뒤돌아보지 않고 앞장서서 아내를 이끌며 지상 출구가 보이는 지점까지 걸어갔지만 최후의 순간 불안에 사로잡혀 뒤돌아서 아내를 보고 만다. 바로 그때 천둥소리가 울려퍼지고, 에우리디케는 작별과 탄식의 말을 중얼거리며 다시 저승세계로 사라져버린다.

인터넷으로 신화의 줄거리를 찾아 읽고 연상된 건 물론 나와 K의 관계다. K는 지하실에 틀어박힌 자신을 에우리디케에 이입해 직접 만든 게임에 이런 이름을 붙인 걸까. 그럼 오르페우스는 나? K는 나한테 오르페우스처럼 지하실로 데리러 오라고 말하고 싶은 걸까. 그런데 왜 내가 지하실에 들어가는 걸 거부하는 거지.

혹은 K가 전하고자 하는 건 '절대로 내 얼굴을 보지 마'라는 메시지인지도 모르겠다.

그러고 보니 신기하게도 오르페우스의 저승 이야기와 비슷한 신화가 세계 각지에 있는데, 『고지키』*에 나오는 여신 이자나미가 난산으로 죽자 남편 이자나기도 황천으로 아내를 만나러 간다. 하지만 이자나기는 '얼굴을 보면 안 된다'는 약속을 어기고 아내의 부패한 얼굴을 보았고, 격노한 이자나미에게 쫓겨나 현세로 돌아온다. 보지 말라고 하면 더 보고 싶어지는 남자의 심정은 세계 공통의 산물인가. 뭐 그런 마음을 모르는 건 아니지만 결국 나는 어떻게 해야 좋을까. 그런 부질없는 생각을 하며 오르페우스를 하는 사이 점점 창밖이 환해지기 시작했다. 허둥지둥 침대로 들어간다.

---

* 고대 일본의 신화, 전설, 사적 등을 기술한 책.

10

덕분에 다음날은 늦잠을 자고 말았다. 눈뜨니 이미 오전 8시 30분이라 지금 바로 나가도 완전히 지각이다. 나는 시청에 전화해 오전 반차를 내고 싶다고 전했다. 전화를 받은 과장은 자상한 투로 "필요하면 하루 쉬는 게 어때?" 하고 권했다. 나는 아동과에 배속된 뒤 거의 유급휴가를 쓰지 않았다. 그러나 하루를 통째로 쉬면 그만큼 일이 쌓일 뿐이다. 나는 오후에 출근하겠다고 대답했다.

맙소사, 게임하느라 늦잠을 자다니 꼭 학생처럼. 정말이지 K 때문에 말도 안 되는 짓을…… 아차, 일의 발단은 내가 그녀의 얼굴을 잊어버린 거였다. 하룻밤 지난 지금은 어떨까. 나는 눈을 감고 K의 얼굴을 떠올리려 했으나 역시 아무것도 떠오르지 않는다. 이건 단순한 건망증이 아니다. 뇌가 어떻게 된 건가.

아니, 문제는 K의 얼굴을 생각해내지 못하는 게 아니라 한집에 있으면서도 만나지 못하는 것인가. 설령 만난다 해도 얼굴을 기억해내지 못한 채로는 의미가 없을 듯도 하다. 그런데 마주한 상대의 얼굴을 기억해내지 못하는 일이 있을까? 도통 영문을 모르겠다. 나는 이상한 생각을 하고 있다. 점점 미쳐가는 건가.

오전은 느긋하게 보낼 생각이었지만 혼자 집에 있으니 정말 머리가 이상해질 것 같아 아침도 안 먹고 정장으로 갈아입은 뒤 밖으로 나갔다. 초봄다운 온화한 날씨지만 기분이 찜찜하고 식욕도 없다. 온통 K의 얼굴에 대한 생각뿐인데, 생각할수록 기억이 소모되어 멀어져가는 것 같아 불안해진다. 정신과 진료를 받아야 할까. 그건 호들갑스럽다. 좀더 손쉽게 해결할 방법이 없을까.

오랜만에 도서관에 갔다. 책을 찾아보면 뭔가 알 수 있을지도 모르겠다는 생각에 기억심리학과 뇌과학 입문서를 몇 권 빌려 열람실에서 읽었다.

첫번째 책을 읽기 시작한 지 얼마 되지 않아 책을 잘못 고른 것 같다는 사실을 깨달았다. 그 책은 뇌에서 어떤 생리학적 변화가 일어나 기억이 구성되는지 학술적인 기초 지식부터 차근차근 세세히 설명하고 있었다. 내가 알고 싶은 건 기억상실의 구조와 해결법이므로 기초 지식까지 거슬러올라가면 너무 멀리 돌아가는 셈이다. 그런데 막상 읽기 시작하니 의외로 흥미로워 그만 책에 폭 빠져버렸다.

책을 읽고 알게 된 사실은 기억이란 근원적으로 위태롭다는 것이다.

우리는 보통 과거에 경험한 사건을 뇌에 저장해 필요에 따라 그대로 꺼낸다고 생각한다. 컴퓨터의 하드디스크에 보관한 사진이나 영상 데이터를 재생하는 것처럼. 오래된 기억은 비디오테

이프처럼 서서히 상태가 나빠지지만 기본적으로 오리지널 데이터가 갱신되는 일은 없다.

이런 소박한 사고방식을 기억심리학에서는 '복사 이론'이라고 하는데 요즘에는 시대에 뒤처진 학설이 되었다. 현재 주류는 인간은 뭔가를 생각해낼 때마다 이야기를 창작하도록 기억을 재구축한다는 '재구성 이론'이다.

이 이론에서 기억은 확정된 데이터로서 뇌에 보관된 것이 아니라 사람이 생각해낼 때 새로이 만들어지는 것이라고 간주한다.

그러므로 당연히 기억은 떠올릴 때마다 변형된다. 기억이 어느 정도 정합성을 유지할 수 있는 건 기억 자체가 정확해서가 아니라 인간의 논리적 사고능력이 부자연스러운 부분을 바로잡고 형식을 정돈하기 때문이다.

어린아이들이 종종 얼토당토않게 지어낸 이야기를 진짜처럼 말하곤 하는데, 이는 반드시 의식적으로 거짓말을 하는 게 아니라 변형된 기억을 진실이라고 굳게 믿는 경우가 많아서라고 한다. 사회성을 갖춘 성인과 달리 유아는 잘못된 기억을 스스로 정정하는 능력이 없어서 그런 일이 일어나기 쉽다는 것인데, 반대로 성인이라도 그 정정 기능이 충분하지 못하면 변형된 기억을 그대로 믿어버리는 경우가 있다.

가령 감정은 기억에 크게 영향을 미친다고 한다. 행복한 기분

일 때 떠올리는 과거는 행복한 기억으로 재생되고, 우울한 상태에서 떠올리는 과거는 같은 시기일지라도 어두운 기억으로 되살아난다. 듣고 보니 나도 그런 경향이 있는 것 같다. 대체로 어두운 사람일수록 부정적인 과거만 말하고 싶어하기 마련이다.

또한 나중에 알게 된 지식이 과거의 기억을 변형하는 일도 종종 있다. 이런 실험이 소개되어 있었다. 한 여성의 전기를 읽은 사람들에게 일주일 뒤 그 내용에 대해 질문한다. 단, 피험자 절반에게는 주인공이 동성애자였다는 정보를 준다. 그 결과 정보를 받은 사람들만 전기 중에서 동성애적이라 간주되는 에피소드를 주로 기억하거나 무의식적으로 날조했다고 한다. 이런 현상도 겪어본 기억이 있다. 초면의 첫인상이 그 사람의 이미지를 결정짓는다고도 하지만 실제로는 그후에 어떻게 교제하느냐에 따라 첫인상의 기억도 바뀌는 것 같다.

현재의 자신이 변하면 기억도 변한다. 말하자면 기억은 과거가 아니라 현재에 속하는 것이다.

나는 점점 더 불안해지기 시작했다.

지금은 K의 얼굴을 기억하지 못하지만 실은 얼굴 말고 다른 기억도 상당히 의심스러운 게 아닌가 하는 생각이 들어서다. K에 대해 기억하는 모든 정보가 나도 모르는 사이에 사실과 다른 형태로 바뀌었을지도 모르고 그것을 확인할 방법도 전혀 없다. 내가 기억하는 K의 목소리와 표정, 발언, 그리고 그것들을 종합한 내 안의 'K상像'은 대체 얼마나 정확히 남아 있는 걸까. K라고 생각하는 대부분이 내가 멋대로 만들어낸 허상에 지나지 않는 건 아닐까?

K와 만난 지 오 년이 된다. 분명 긴 시간을 함께해왔다. 하지만 다시 생각해보면 그녀에 대해 기억하는 정보는 그 시간의 수백분의 일, 아니 수백만분의 일에 지나지 않는 것 같다. 지금 만약 'K와 보낸 가장 인상적인 하루를 가능한 한 정확히 떠올려보라'는 질문을 받는다면 과연 나는 어떻게 대답할까. 혼인신고를 한 날일까, 아님 제일 처음 만난 날일까. 어쨌든 이십사 시간이었을 그날의 기억은 대부분 사라졌다. 기억나는 건 고작해야 그중 몇 분, 게다가 그 영상은 지극히 애매해서 그녀가 입었던 옷이나 머리 모양은커녕 그녀 뒤에 펼쳐졌던 풍경, 함께 먹은 음식, 공기의 감촉 등 모든 것이 새벽녘에 꾼 꿈처럼 흐릿하다. 지금은 스마트폰으로 선명한 사진과 동영상을 찍고 대량으로 보존할 수 있다. 이십사 시간 분량의 동영상을 남기는 일도 그리 어렵지 않다. 즉, 내 기억 용량은 청바지 주머니에 들어가는 스마트폰보다 훨씬 빈약한 셈이다.

인상적인 날조차 그러하니 그 외의 일상적인 날들에 대한 기억은 거의 소멸해버린 상태다. 삼 개월 전 오늘, 그녀가 어떤 옷을 입었던가. 일 년 전 오늘, 그녀가 무슨 얘기를 했던가. 어떤 노력으로도 아마 평생 생각해낼 수 없으리라. 평생 생각해내지 못하는 날이란 더는 존재하지 않는 것과 마찬가지 아닐까. 나는 대체 K에 대해 얼마나 많은 것을 잊어버린 걸까. 그건 고사하고 내가 이제껏 살아온 삼십오 년 세월의 태반이 헛되이 사라져버린 듯한 기분마저 든다. 대부분을 망각하는 인생에 무슨 의미가 있을까. 그런 생각을 하니 갑자기 극심한 허무감이 들어 나는 책을 덮고 잠시 멍해졌다.

11

오후 출근을 한 뒤에도 나는 외부 회의가 있다고 거짓말하고 역 앞 카페에 가서 책을 이어서 읽었다. 과장도 오늘은 쉬는 게 좋겠다고 했으니 조금은 딴짓을 해도 괜찮겠지.

조금 전에는 나를 망각의 불안에 빠뜨린 책이었으나 계속 읽다보니 용기를 주는 이야기도 나왔다. 다름 아닌 망각이 기억에서 빠질 수 없는 한 가지 조건이라는 것.

우리는 완벽한 기억을 동경한다. 이를테면 연인과 함께 보낸 가장 아름다운 하루를, 혹은 공부하느라 읽은 책의 내용을 하나도 빠짐없이 기억해두고 싶어한다.

그러나 인간이 모든 체험을 빠짐없이 기억해 정확히 재생할수 있다면, 열 시간 동안 일어난 어느 사건을 상기하는 데 꼬박열 시간이 걸릴 테고 결국 필요한 정보를 즉각 떠올릴 수 없을것이다. 인간은 중요도가 낮은 정보를 잊어버려야 비로소 기억을 생활에 유용하게 쓸 수 있다. 심리학자 윌리엄 제임스는 "모든 것을 기억한다 함은 아무것도 기억하지 못하는 것과 마찬가지"라고 말했는데, 그런 말을 들으니 건망증이 심한 나로서는 꽤위안이 된다.

실제로 세상에는 비정상적으로 기억력이 좋은 사람이 종종 있다. 20세기 초 러시아에서 활동한 S. V. 셰레솁스키라는 신문기자는 어렸을 때부터 기억력이 뛰어나 훗날 스테이지 메모리스트(무대 위에서 엄청난 기억력을 선보이는 배우라고 한다)가 되었다. 이 사람은 아무리 길고 의미가 없어도 음절이든 숫자든 한번들으면 완벽히 암기했고 심지어 그것을 수십 년 동안 기억했다.

평범한 사람의 입장에서 보면 상당히 부러운 얘기지만 폐해도있다. 개개의 사항을 선명히 기억할 수 있는 만큼 그것을 개념화하는 게 아주 어렵다고 한다. 가령 개별 고양이의 모습을 한 치의오차도 없이 기억할 수 있는 사람에게 애완묘와 길고양이, 혹은아메리칸쇼트헤어와 페르시안 고양이는 차이가 매우 큰 '개별적 존재'다. 그 결과 '고양이'라는 공통 개념을 파악하기가 어려워진다. 셰레셉스키도 그런 경향이 있어 이야기의 줄거리를 파악하는 데 애를 먹고 은유적인 시는 거의 이해하지 못했다고 한다.

또 셰레셉스키가 일상생활에서 힘들어했던 것 중 하나가 전화 통화였다. 그는 전화가 걸려와도 목소리만으로는 상대가 누구인지 알지 못했다. 이유를 말하길 "사람의 목소리는 하루에 스무 번에서 서른 번은 변하기 때문"이라고. 듣고 보니 확실히 그렇다. 본가의 어머니도 아주머니들과 담소를 나눌 때와 아버지와 얘기할 때 목소리 톤이 족히 한 옥타브는 다르다. 그런데도 어머니의 목소리를 인식할 수 있는 건 내 기억력이 평범한 덕분이리라.

여기까지 읽고 마침내 나는 망각에 대한 과잉 불안에서 해방될 수 있었으나 동시에 새로운 불안 요소가 생겨났다. K의 기억력이 비정상적으로 좋다는 사실이 생각났기 때문이다.

K는 원주율을 줄줄 암송하고 한번 들은 전화번호는 메모도 안 하고 기억할 수 있었다. "이과라서 숫자에는 강한지도 모르지." 그녀는 말했지만 숫자뿐 아니라 다른 면에서도 그녀의 기억력은 탁월했다. 함께 보러 갔던 영화도 일 년쯤 지나면 나는 극히 대략적인 줄거리와 단편적인 장면밖에 기억하지 못했지만, K는 자세한 플롯까지 완벽히 기억할뿐더러 첫 장면에 무엇이 나왔는지도 분명히 기억해서 나중에 TV에서 그 영화가 방영됐을 때 곧잘 나

를 놀라게 했다. 전화 통화를 싫어해 가급적 메시지로 연락하라고 종종 말했던 것도 어쩌면 세레셉스키와 같은 이유였는지 모른다.

그런 생각을 하는 사이, K의 기억력이 왠지 불길하게 여겨지기 시작했다.

만약 K가 내 말 한마디 한마디를, 그녀에게 보인 일거수일투족을 완벽히 기억하고 언제든 재생할 수 있는 초인적 능력을 지녔다면?

그렇더라도 딱히 구체적인 손해를 보는 건 아니다. 하지만 내가 잊고 지워버린 대부분의 시간이 그녀 안에만 축적되어 있다는 건 불공평하다. 그 기억에는 본래 잊어야 하는 것과 나 자신도 볼 일이 없었던 추한 모습이 포함되어 있을 것이다. 그리고 그런 어둠을 내포한 방대한 기억이 우리집 지하실에 조용히 보관되어 있다.

그 이미지는 두려움에 가까운 감정을 내 안에 싹트게 한다. 어쩌면 나는 상상했던 것 이상으로 버거운 여자를 상대하는 걸지도 모르겠다. 그런 여자가 만든 게임을 나 따위가 정복할 수 있을까?

야근을 끝내고 집에 돌아온 뒤 어제에 이어서 오르페우스를 했다. 오늘은 신중을 기하기 위해 미리 인터넷으로 게임 요령을 검색하고 연습 모드를 반복 플레이해서 승리하는 이미지를 철저히 각인한 다음 실전에 들어갔다. 그러나 결과는 참담함 그 자체였다. 상위 랭킹을 향한 도전권을 획득하기는커녕 10단계로 이뤄진 최하 레벨에서 기어올라가는 것조차 불가능했다.

대체 상위 랭킹에는 어떤 녀석들이 있는 거지? 잘 보면 대부분 닉네임을 사용해 신원을 알 수 없지만 11위에 'K'라는 이용자가 올라 있어서 깜짝 놀랐다.

그때 마침 K한테서 메시지가 왔다.

오늘은 이만 잘게.
오르페우스는 어때?

방금까지 한참 했어.
엄청 재미있네.

다행이다.
고마워.

근데 나한테는 좀 어렵더라.
하고 있으면 머리가 복잡해져.
참, 랭킹 11위에 있는 K가 당신이야?

맞아.

역시 그렇구나. 과연 개발자답네.
혹시 비법이라든가 필살기 같은 걸 알고 있는 거 아냐?

 적에게 인정을 구걸하는 것 같아 살짝 한심하지만 어쨌든 내가 이겨야 K를 만날 수 있다. 자존심을 내세울 여유가 없다.
 대답은 무뚝뚝했다.

없어.

요령은 있을 거 아냐?

생각 안 해봤는데.

말도 안 돼.
그렇게 복잡한 게임을 머리 안 쓰고 잘할 순 없잖아.

생각하는 것과 머리를 쓰는 건 별개의 문제야.

그럼 잘 자.

그게 무슨 뜻이야?

내가 마지막으로 보낸 메시지에 '읽음' 표시가 뜨지 않는다. 잠들어버린 거겠지. 그러나 나는 K의 말이 신경쓰여 잠이 안 온다. 생각하는 것과 머리를 쓰는 건 별개의 문제? 선문답 같다.

생각하지 말자, 생각하지 말자, 마음속으로 되뇌면서 다시 한번 승부에 도전했으나 역시 결과는 다르지 않았다. 이윽고 뇌가 지칠 대로 지쳐 정말 사고능력이 없어졌다. 정신을 차리니 나는 스마트폰을 쥔 채 소파에서 잠들어 있었다.

12

오르페우스는 이기지도 못하고 K의 얼굴은 생각이 안 난다. 잠을 못 자는 날이 계속돼 컨디션이 눈에 띄게 나빠져간다. 결국 감기에 걸리고 말았지만 쉴 수도 없다. 오전에는 중요한 회의가 있고 오후에는 신설 어린이집 대표와 사전 협의가 있다.

나는 불운한 체질의 소유자로, 예전부터 아무리 몸 상태가 나빠도 중요한 일이 있는 날은 왜 그런지 일시적으로 쌩쌩해진다. 쓸데없이 책임감이 강해서다. 덕분에 동행한 후지타한테 "미카와 씨, 왠지 오늘 생기가 넘치네요"라는 정반대의 엉뚱한 말을 듣고 회의도 놀랄 만큼 순조롭게 끝냈다. 하지만 아니나 다를까 협의를 마치고 나온 순간 무섭게 피로가 몰려와 다리가 후들거렸다.

"괜찮아요?" 후지타도 내 이변을 알아채고 걱정스러운 듯 말했다. "안색이 안 좋아요."

괜찮다고 대답했지만 열이 조금 있다. 운전은 안 하고 싶다는 생각을 하는데 후지타가 자진해서 "오늘은 제가 운전할게요" 한다. 고맙게도 운전을 바꿔준 건 좋았으나 후지타의 운전이 거칠어 조수석에서 덜컹거리고 있으니 급속도로 속이 안 좋아졌다.

"차를 꽤 빨리 모네."

내가 아무렇지 않은 듯 말하자, 옛날에 이름 좀 날렸죠, 하고 그녀가 무시무시한 말을 했다. 안 되겠다, 이 여자.

"미안한데 잠깐 차 좀 세워줄래?"

"왜 그러세요?"

"토할 것 같아."

"아니 갑자기 그렇게 말씀하시면…… 아, 좋은 생각이 났어요."

차는 멈출 기미가 없다. 오히려 더 빨라진 기분마저 든다. 왜

일까. 눈을 감고 참는데 후지타가 속도를 늦추지 않은 채 끼익하고 급커브를 돌더니 느닷없이 차를 멈춘다. 눈을 떴더니 처음 와 보는 주차장이었다.

"쉬었다 갈까요?"

후지타가 생글생글 웃으며 말했다. 우리는 그 망한 산부인과 건너편의 호텔에 있었다.

13

그 호텔에 들어가는 건 처음이었다. 몇 번이나 차로 그 앞을 지나간 적이 있고 아슬아슬한 수준의 농담을 한 적도 있다. 그런데 정말 후지타와 둘이서 들어가게 되리라고는 생각도 못했다. '신사답게'라고 말하고 싶지만 실은 자신이 없었다는 이유가 더 크다. 일 년 넘게 섹스를 안 했다. 제대로 할 수나 있을까. 게다가 오늘은 감기까지 걸렸다. 후지타의 말을 그대로 받아들여 '쉬었다만 가는 것'으로 하는 게 좋을 듯하다.

일단 이렇게 결론을 내렸지만 호텔의 유달리 큰 침대에 드러누워 있으니 생각보다 빠르게 몸 상태가 회복되기 시작했다. 난감하다. 이럴 때 아내의 얼굴이 스쳐지나가 양심에 눈뜨는 유형도 있다고 들었는데, 나는 공교롭게도 K의 얼굴이 생각나지 않는다. 애초에 얼굴도 안 보여주려 하는 아내에게 그렇게까지 의리를 지킬 필요가 있을까. 지금 상태는 사실상 독신과 다름없지 않나. 그렇게 생각하자 점점 나 자신의 성실함에 부아가 나기 시작했고, 거기에 결정타를 날리듯 '들키지 않는 한 누구한테 피해를 주는 것도 아닌 일'이라는 히노의 속삭임이 귓가에 울린다. 어느 틈에 후지타가 내게 몸을 밀착하고 누워 있다. 정신을 차리고 보니 누가 먼저랄 것도 없이 서로를 끌어안고 있었다. 여기까지 온 이상 그만둘 수도 없다. 별다른 감흥도 없지만 K를 상대할 때처럼 이상한 긴장감도 없다. 잘될 것 같은 기분이 들었다.

하지만 허사였다. 거의 다 됐다 싶은 타이밍에 후지타의 얼굴이 K로 보인 듯했기 때문이다. 찰나의 순간에 벌어진 일이고 곧바로 평소 후지타의 얼굴이 돌아왔지만, 한번 상실한 자신감은 돌아오지 않고 생각날 뻔했던 K의 얼굴도 이미 잊어버렸다.

"미안. 컨디션이 안 좋아서 그런가."

내가 힘없이 변명하자 후지타는 "신경쓰지 마세요, 종종 있는 일이니까"라며 담배 연기를 가늘게 후 내뿜었다. "어차피 사모님 얼굴이 생각나서 그런 거잖아요."

그녀가 지적한 그대로라 깜짝 놀랐다.

"그걸 어떻게 알지?"

"종종 있는 일이라니까요."

그 말인즉 이런 불장난을 자주 한다는 뜻인가. 뭐 그건 차치하고, 내가 후지타를 K로 잘못 보았던 건 사실이다. 요컨대 적어도 후지타의 얼굴 중 일부분이 K를 닮았다는 뜻일 텐데, 내가 기억하는 한 K와 후지타가 닮았다고 느낀 적은 지금껏 한 번도 없다. K가 마른 체형이었던 건 분명하니 약간 통통한 후지타와는 애초에 얼굴 윤곽부터가 다를 테다. 이목구비 중 어느 한군데가 닮은 건가 하면 그것도 아닌 듯하다. 그럼 무슨 이유로 나는 그녀가 K를 닮았다고 느꼈던 걸까.

그런 생각을 하면서 후지타의 얼굴을 빤히 쳐다보았다.

"왜 그러세요? 미카와 씨, 제 얼굴에 뭐라도 묻었나요?"

후지타가 의심스레 묻는다.

"아니. 아내와 전혀 안 닮았는데 이상하다 싶어서."

"그야 그렇죠. 섹스할 때 얼굴과 평소 얼굴은 다르니까요."

"그렇구나, 역시 그런 건가." 나는 감탄했다. "잠깐 눈 좀 감아줄래?"

"이렇게요?"

눈을 감은 후지타의 얼굴이 아까보다 어느 정도 K에 가까운 것 같다. 잘만 하면 K의 얼굴을 생각해낼 수도 있지 않을까.

"눈썹을 조금만 더 모아봐."

"네."

"아까는 그렇지 않았어. 좀더 감정을 실어서 힘있게 해봐."

"흠, 이렇게요?"

"뭔가 좀 다른데. 콧잔등에 주름을 잡아볼래?"

"그건 좀 어려운데. 이렇게요?"

"응응, 나쁘지 않아. 그런 다음 아랫입술을 좀더 당겨줘."

"네."

"아, 반대다. 턱을 내밀어줘. 아니지, 그건 너무 내밀었어. 이노키* 같아졌다고."

한동안 후지타의 얼굴을 변형시켜 K에 가깝게 해보려 했지만 역시 어딘가 결정적 한 방이 부족한 느낌이었다. 끝내 후지타가 "저기요, 제 얼굴로 장난 그만 치시죠?" 하고 언짢아해 이 시도는 실패로 끝났다.

14

돌아가는 길에는 내가 운전대를 잡는다. 산부인과의 벚꽃은

---

* 일본의 전 프로레슬링 선수. 주걱턱이 트레이드마크다.

한참 전에 다 졌고 지금은 파릇파릇한 어린잎만 촘촘히 무성하다. 어느새 키 큰 잡초도 우거져 이전보다 한층 더 폐허 같은 불길한 풍경이 되었다.

후지타가 여느 때처럼 아무래도 상관없는 얘기를 늘어놓았는데 전혀 귀에 들어오지 않았다. 섹스에 성공하지 못해 의기소침해진 탓도 있지만 그 이상으로 K의 얼굴이 마음에 걸린다. 아까는 조금만 더 하면 생각날 것 같았다. 얇은 문 하나를 사이에 두고 맞은편에 K의 얼굴이 있다고 느꼈다. 어떻게 하면 그 문을 열 수 있을까. 문득 후지타가 카운슬러를 지망했었다는 얘기가 생각났다.

"저기." 나는 불륜 문제로 여론의 뭇매를 맞고 있는 뮤지션의 얘기로 한껏 달아오른 후지타의 말을 가로막고 물었다. "실은 내가 최근에 약간 건망증이 심해진 것 같아. 그 이유가 뭐라고 생각해?"

"과로일지도 모르죠."

"무슨 뜻이야?"

"미카와 씨가 그렇다고는 단언할 수 없지만 우울증 경향이 있는 사람은 기억력이 저하되기도 해요. 미카와 씨 요즘 잠도 별로 못 잤잖아요."

물론 그런 이유도 있을지 모른다. 하지만 그것만이 문제는 아닌 것 같다.

"다른 건 다 기억할 수 있는데 과거의 특정 사건이나 지식만 오랜 기간 도저히 기억해내지 못하는 경우도 있을까? 심지어 그게 상당히 중요한 정보임에도 불구하고."

후지타가 내 옆얼굴을 힐끗 보더니 말한다.

"조금 특수한 케이스네요. 아마 어떤 억압이 있는 거겠죠."

"억압?"

"생각날 때마다 몹시 불쾌해지는 싫은 기억이 있으면 의식이 자아를 지키기 위해 기억을 무의식의 영역으로 억압해버리는 거예요. 평소에는 그 기억을 떠올릴 수 없지만 꿈속에서 거듭 메타포가 나타난다거나 우연한 착각 속에 그 힌트가 숨어 있다거나……"

"프로이트인가. 예전에 잠깐 기웃거린 적이 있어. 잘 알아?"

"대강 읽어보긴 했어요."

"다른 사람의 얼굴을 기억하지 못하는 환자 얘기도 있었어?"

"글쎄요, 그건 기억에 없는데요. 억압이 원인이 돼서 다른 사람의 이름을 잊거나 받은 물건을 잃어버리는 사례는 자주 나와요. 가령 어느 권태기 부부의 이야긴데, 남편이 아내에게 책을 받자마자 바로 잃어버려요. 분명 집밖에는 가지고 나가지 않았는데 어디서도 보이질 않아요. 그런데 반년쯤 지나 남편의 어머니가 아플 때 아내가 헌신적으로 간호를 해줬어요. 남편은 그 모습을 보고 감동해 아내에 대한 차가운 마음이 풀어졌고요. 그 직후 무심코 연 서랍에서 잃어버린 줄 알았던 책이 나온 거예요."

"즉 아내에 대한 부정적인 감정이 억압으로 작용해 책을 둔 장소를 잊게 했다, 이런 말인가?"

"그런 셈이죠. 억압의 원인이 밝혀졌을 때, 동시에 잊고 있던 기억이 되살아나는 일은 자주 있는 것 같아요."

억압에 의한 기억상실이란 말인가. 언어로 표현하니 과장되지만, 인간이 중요한 기억을 잃는 게 사실 그리 드문 일이 아닐지도 모른다. 그렇잖아도 인간은 매일 많은 것을 망각하면서 살아가고 무엇을 망각했는지조차 거의 잊어버리니까.

문제는 억압의 원인이 무엇인가다. 얼굴을 잊고 싶을 만큼 나는 K를 미워하는가. 혹은 미움을 받고 있는가. 그런 것 같지는 않다. 물론 우리의 결혼생활에 전혀 문제가 없었던 건 아니다. 굳이 말하자면 권태기 부부였을지도. 그래도 얼굴을 잊어버릴 만큼 비정상적이지는 않았다.

사고방식이 잘못됐는지도 모르겠다. 내가 기억하는 건 실제로 일어난 사건 중에 극히 일부일 뿐이다. 답은 내 무의식에 있는지도 모른다. 요컨대 강력한 억압의 계기가 된 중요한 사건을 내가 잊고 있을 가능성이 있다.

그 가설은 다음 순간 확신으로 바뀐다. 왠지 분명히 알 수 있다. 내가 뭔가를 잊어버렸음을. 잊어버렸지만 내 안의 어딘가 어두운 장소에 그대로 남아 있음을. 그리고 눈에 보이지 않는 기억이 나를 움직이게 하려 함을.

후지타가 특별히 이날만큼은 카오디오를 끄고 담배도 피우지 않았다.

15

자아를 지키기 위해 무의식의 영역에 억압해야 할 만큼 불쾌한 기억. 그게 무엇인지 생각했을 때 제일 먼저 떠오른 건 당연히 일 년 전 K가 사산한 일이었다. 그 당시 일을 생각하면 지금도 가슴이 먹먹해진다. 아이의 죽음에 대한 슬픔뿐이라면 그래도 낫다. 참을 수 없는 건 그것에 늘 따라붙는 찜찜한 죄책감 같은 것이었다.

원래 우리 부부는 아이를 갖는 일에 적극적이지 않았다. 둘 다 아이를 그다지 좋아하지 않았고, 오늘날 일본에서 태어나는 것이 아이한테 좋은 일이라고 무조건 확신할 만큼 낙관적이지도 않았다. 그리고 무엇보다 우리가 책임져야 하는 새로운 인간이

이 세상에 나온다는 게 잘 상상되지 않았다.

"내 얼굴을 닮은 사람을 이 세상에 더 늘리겠다는 건 좀 뻔뻔한 일 같아."

쌍둥이 여동생이 있는 K는 이따금 그런 농담을 했는데, 나도 그 마음에 왠지 모르게 공감이 됐다.

그렇다고 아이를 결코 갖지 않겠다는 확고한 결의가 있었던 것도 아니다. 둘 다 이미 삼십대 중반에 접어들었고 성적으로는 담백한 편이라 아이가 생기지 않으리라는 느낌이 들었다. 그러나 그런 막연한 가정과 정반대로 K는 임신했다.

막상 임신이 확실해지자 우리는 약간의 당혹감과 쑥스러움을 동시에 느끼면서도 새로운 상황을 순순히 받아들였다. 둘만의 조용한 생활과 경제적 여유를 잃는 건 아쉽지만 부부에게는 자연의 섭리와 같은 일이니까. K는 육아휴직제도가 미비한 회사를 그만두고 프리랜서가 되었고, 나는 컨디션이 안 좋은 K를 대신해 집안일을 도맡았다. 결혼식도 올리지 않은 우리에게 임신은 부부로서 처음 맞는 큰 이벤트라 그제껏 없었던 고양감과 일체감에 휩싸였던 기억이 난다.

하지만 지금 와서 생각해보면 역시 남자와 여자는 출산에 대해 느끼는 방식이 달랐던 것 같다. 출산이 가까워지면서 K는 엄마로서의 자각이 깊어진 반면 나는 아빠가 된다는 사실이 실감나지 않았다. 때로 K는 내 무심함과 무관심을 비난했는데, 그 대부분이 K답지 않게 비논리적이라 나는 무엇을 어떻게 고쳐야 하는지 이해가 안 되기도 했다.

출산 예정일이 며칠 앞으로 다가온 어느 날 특히 인상적인 일이 있었는데, 돌연 K가 "분만실에 같이 있어줬으면 좋겠어" 하고 제안한 것이다.

깜짝 놀랐다. 나와 K는 "출산 현장에 아빠가 있어봐야 방해만 될 텐데" 하며 최근 유행인 남편 참여 분만에 부정적인 입장이었으니까.

왜 갑자기 생각이 바뀌었느냐고 묻자 "미안, 왠지 무서워져서"라고 K는 면목 없다는 듯 대답했다.

"또 갑작스러운 얘기네. 나는 아직 마음의 준비가 안 됐어."

나는 자타가 인정하는 소심한 인간이다. 장렬한 고통을 견디는 K의 모습을 볼 수 있을지 조금 자신이 없었다.

"그렇구나. 뭐, 아직 시간은 있으니까 한번 생각해봐."

그녀가 그렇게 말해준 덕분에 나는 결정을 미룰 수 있었다. 그리고 그대로 남편 참여 분만을 피할 수 있었다. 다음날 K가 예정보다 일찍 진통을 느꼈고, 내가 직장에서 나와 병원에 도착했을 때는 이미 아이가 죽었기 때문이다.

갑작스러운 일이었다. 가령 내가 원했더라도 남편 참여 분만은 불가능했다. 그때 어떤 대답을 했느냐에 관계없이 결과는 같을 수밖에 없었다.

그때 왜 아내의 부탁을 기분좋게 들어주지 않았을까 하는 후회가 오랫동안 남았다. K는 대체로 남에게 부탁하는 걸 싫어해서 자신이 할 수 있는 건 전부 스스로 해버린다. 그런 K가 급히 부탁했다는 건 그만큼 절실한 이유가 있었다는 뜻이다.

그후 우리는 아이의 죽음에 대해 거의 언급하지 않았다. 아무리 한탄하고 과거를 돌이켜본들 죽은 아이가 돌아오는 건 아니다. 그것이 우리의 암묵적인 공통 인식이었다. 그런데 뜻밖에도 내가 신경쇠약에 걸렸다. 누구의 잘못이 아니라는 걸 알면서도 "네가 아이를 죽였어"라는 강박이 좀처럼 사라지지 않았다. 실제로 누군가 그렇게 말하는 목소리가 귓가에 들릴 때도 있었고, 양손에 끈적하게 피가 잔뜩 묻어 씻어도 씻기지 않는 악몽을 연달아 꾸기도 했다.

한편, 퇴원 후에 K는 빠르게 회복했다. 출산 전에 구입한 아기 용품을 놀랄 만큼 깨끗이 처분하고 순식간에 건강을 되찾았다. 오히려 전보다 더 건강해졌을 정도다.

그리고 출산 후 두 달쯤 지났을 무렵부터 이른바 임신 활동에 돌입했다. K는 임신이 잘되는 체질을 만들기 위해서라며 아무리 더운 날에도 매일 두꺼운 양말을 신고, 운동을 싫어했음에도 조킹과 요가에 몰두했다. 정력에 좋아 보이는 요리를 테이블에 차려놓고 밤에는 그제껏 본 적 없는 야한 속옷을 입고 내 침대로 들어왔다.

아내가 적극적으로 달려들수록 내 육체는 위축됐다. 혼자일 때는 보통처럼 발기하는 걸 보면 K와의 사이에서 받는 심리적 스트레스가 원인임은 분명했다.

아마 나는 그 무렵의 K가 무서웠던 것 같다. 결국 그녀가 원한 건 죽은 아이를 대체할 존재였지 내가 아니었다. K는 아이의 죽음을 벌써 잊은 걸까. 그럴 리 없다. 어쨌든 출산한 당사자니까.

그러나 K에게 상실이란 숫자 1이 0이 되는 것과 같은 의미가 아니었을까. 다시 1을 더하면 원래대로 된다. 프로그래밍 세계에서는 그럴 것이고, 인구 증가를 목표로 하는 N시청에서도 그런 계산을 바탕으로 도시개발과 저출산화 대책을 세우고 있다. 요컨대 아이는 대체 가능하고 출산으로 보완 가능한 존재인 셈이다. 그 합리성이 나는 왠지 두려웠다.

점차 이런저런 이유를 들어 나는 그녀의 유혹을 거절했다. 그리고 얼마 안 가 일이 더 바빠져 귀가 시간이 점점 늦어졌다. 정신을 차리고 보니 둘이서 느긋하게 대화하는 일조차 없어진 상태였다. 어쩌면 나는 이때 이미 K를 외면했던 건지도 모르겠다. K가 지하에 틀어박힌 건 그런 나에 대한 항의였을까. 만약 그때로 돌아간다면 나는 어떤 식으로 K를 받아들여야 했을까?

16

택시를 타고 퇴근했더니 웬일로 K가 주방에서 튀김 요리를 하고 있었다. 예상외로 간단히 사태가 수습됐구나 싶었는데, 왔어요? 하고 뒤를 돌아본 K가 노멘*을 쓰고 있어서 깜짝 놀랐다. 새하얀 여자 가면이다. 언제 저런 걸 샀는지 의아해하며 테이블에서 기다리는데 어쩐된 영문인지 K는 튀김이 아니라 빨간색 장미를 가득 꽂은 꽃병을 가져왔다. 나는 기분이 불쾌해져 입을 꾹 다물었다. 노멘이니 꽃이니, 이 여자는 분명 나를 괴롭히고 있다. 오랜만에 지상으로 나왔구나 했더니 대체 이 처사는 뭐야. 내가 못마땅해하는데 K가 귀에 낯선 새된 소리로 웃으며 노멘을 벗자 그 안에서 눈꺼풀을 감은 거대한 눈이 나타났다. 얼굴 전체가 안구로 되어 있어 꼭 눈알 아저씨** 같다. 어째선지 눈꺼풀이 세로로 갈라져 있고 그 경계선에 빈틈없이 빽빽이 난 속눈썹이

---

* 일본 전통 가면극인 노가쿠에서 사용하는 가면. 표정이 없는 것이 특징이다.
** 미즈키 시게루의 만화 『게게게의 기타로』 주인공의 아버지.

거대한 송충이 같아서 무척 징그럽다. 그럼 식사하죠, 하고 할말을 잃은 내게 K가 말한다. 식욕이 있을 리 없고, 그게 아니더라도 장미꽃 따위를 먹을 순 없다. 내가 말없이 굳어 있으니 K가 묘한 소리로 웃으며, 당신은 억지로 안 먹어도 괜찮아, 지금은 내 식사 시간이니까, 하고 세로로 갈라진 눈꺼풀을 연다. 그러나 그 안에서 나타난 건 눈동자가 아니다. 눈이 아니라 입이었다. 크게 열린 입안에 상어처럼 날카로운 송곳니가 몇 겹이나 나 있다. 상어의 이빨은 몇 번을 부러져도 안쪽에서 순서대로 새 이빨이 자란다고 했지. 그런 생각을 하는 사이 나는 그 입에 꿀꺽 삼켜져 단숨에 목을 물어뜯겼다. 그리고 동시에 손님 도착했습니다, 하고 운전기사가 말했다. 나는 아직 택시 안이었다.

요즘은 택시를 탈 때마다 이상한 꿈을 꾸네, 나는 생각하면서 차에서 내린다. 꿈속에서 물린 목 주위가 여전히 얼얼하게 아프다. 집에 들어와 거울을 보니 물론 아무 이상이 없었지만 아직도 목에 구멍이 나 있고 거기서 피가 흐르는 듯한 느낌이 든다. 꿈 자체는 현실과 동떨어진 내용이었지만 통증만은 묘하게 생생해서 조금 전까지 실제로 '그쪽' 세상에 있었던 것 같다.

거실 테이블에 평소와 마찬가지로 식은 튀김이 놓여 있지만 기괴한 꿈 때문에 식욕이 전혀 없다. 나는 냉장고에서 캔맥주를 꺼내고 튀김을 억지로 입에 밀어넣었다. 아무 맛도 안 났다. 금방 취기가 돌고 손끝이 가볍게 저려온다. 지금도 꿈을 꾸고 있는 걸까. 시험삼아 볼을 꼬집어보니 일단 감각은 있지만 통증이 무딘 것 같다. 통증이 이렇게 불확실해도 괜찮나. 아까 꿈속에서 이상한 K에게 물렸을 때가 훨씬 더 아팠다. 역시 '그쪽'이 현실이었던 건가? 지금 있는 쪽이 꿈이라고 생각하는 편이 오히려 맞는 것 같다.

지금이 꿈이라면 현실과는 다른 기적이 일어날지도 모른다. 문득 그런 생각이 들어 주머니에서 스마트폰을 꺼내 오르페우스를 해봤다. 술 취했을 때 느끼는 특유의 가벼운 전능감 덕분인지 낙하하는 체스 말의 속도가 평소보다 느리게 보인다. 슬로모션 같다. 어디에 어떤 방향으로 떨어뜨리면 어떤 모양이 될지 미래가 보이는 것처럼 순간적으로 알 수 있다. 하수를 상대로 싸우는 검술의 달인이라도 된 듯한 기분. 그런데도 이길 수가 없다. 말의 낙하 속도가 느려 보이지만 내 손가락은 그보다 더 느리고, 감에 따라 적당히 조작해선지 사소한 실수도 잦다. 정신을 차려보니 평소보다 더 많이 패배해 순위가 과거의 최하위까지 하락하고 말았다.

어떻게 된 거지. 점점 부아가 나기 시작한다. 이렇게 머리가 맑은데 못 이길 이유가 없잖아. 혹시 부정이 개입된 게 아닐까. 오르페우스는 게임에 쓴 금액과 승패가 관계없다는 호평을 받고 있지만 실제로는 아이템을 구입한 쪽이 유리하도록 설정된 게 아닐까. 그럼 전 세계의 이용자들이 진작에 눈치채고 항의했을 텐데 안 그러는 게 이상하다. 그런 기색이 없다는 건 이 게임이 공평성을 유지하고 있다는 증거이리라.

내 스마트폰만 이길 수 없도록 불리하게 설정된 건 아닐까. 그럼 내가 죽도록 애써도 이길 수 없는 이유를 합리적으로 설명할 수 있다. 그런데 특정 이용자만 불리하게 설정하는 게 가능한가, 만약 가능하더라도 무엇을 위해 그런 짓을 한단 말인가. 그렇게 생각한 순간, 혈중 알코올에 불이 붙은 것처럼 온몸이 확 뜨거워졌다. 이건 K의 책략이다. 나를 멀리하기 위해 이길 수 없는 게임을 시킨 것이다. 이용자별로 게임의 난이도를 조작할 수 있는 사람은 개발자인 K뿐이다.

오랫동안 품어본 적 없는 감정이 끓어오르기 시작한다. 증오였다. 죽이고 싶을 만큼 격렬한 증오. K를 싫어하게 되었다는 뜻은 결코 아니다. 싫으면 헤어지면 그만이다. 가령 이대로 집을 나가 K와 더는 안 만나면 되지만 그런 걸 바라지는 않는다. 오히려 그 반대다. 오기로라도 그녀와 다시 만나 복수해야 한다. 복수? 느닷없이 번쩍 떠오른 불온한 단어에 나 자신도 놀란다. 하지만 그것 말고 내 마음을 설명할 단어가 없다. 나는 오르페우스를 중단하고 계단을 내려갔다. 만나서 뭘 어떻게 하고 싶은지는 모르겠다. 그래도 도저히 안 만날 수가 없다. 지하층으로 이어지는 문은 잠겨 있다. 나는 주먹으로 힘껏 문을 두드린다. 무겁고 두꺼운 문은 아무리 두드려도 꿈쩍하지 않는다. 그저 뼈와 살이 문에 부스러지면서 질척질척하고 불쾌한 소리만 울려퍼질 뿐이지만 나는 개의치 않고 계속 두드린다.

이윽고 주먹의 통증이 이건 꿈이 아니라 현실임을 깨닫게 한다. 이런 방식으로는 안 돼. 문을 두드리는 건 자기만족일 뿐이야. 아무리 두드려도 K에게 들리지 않으면 의미가 없다. K를 만나기 위한 가장 현실적인 수단은 무엇인가. 나는 메시지를 보내려고 스마트폰을 든다. "아직 안 자?"라는 문장을 입력했다가 곧바로 지웠다. 답장을 기다릴 수 없을 것 같아서다. 전화가 빠르다.

"여보세요. 무슨 일 있어?"

전화를 받은 K가 약간 의아하다는 듯 말했다. 그럴 만도 하다. 이 시간에 전화를 거는 건 상식적이지 않다. 그건 나도 잘 안다. 그렇기에 K가 받으리라 예상하고 전화한 것이다.

"문 열어줘."

나는 단도직입적으로 요구했다.

"오르페우스 10위 안에 들었어?"

"가능할 리 없잖아." 나는 내뱉듯 대꾸했다. "그 게임은 사기야. 내가 이길 수 없도록 농간을 부렸잖아. 아냐?"

K가 황당하다는 듯 웃었다. 꿈속에서 본 가면이 생각난다.

"그런 게 어떻게 가능하겠어? 피해망상이야."

"애초에 게임에서 못 이기면 만날 수 없다는 조건부터가 이상하잖아. 그런 부부가 어딨어."

"이제 와 그런 말 해봐야 소용없어. 그 조건을 단번에 받아들인 사람이 누구지? 저기, 미안한데 이제 전화 끊어도 될까?"

나는 소리치고 싶은 걸 간신히 참고 천천히 숨을 내쉬었다. 이대로 정면으로 맞서도 그녀를 논리적으로 꺾을 수 없다. 먼저 지하에 틀어박히는 비상수단을 쓴 건 K다. 나도 유사시에 어울리는 전투방식을 택해야 한다.

"잠깐만." 내가 말했다. "그렇게 나온다면 나도 생각이 있어. 당신이 거기서 안 나올 속셈이라면 나는 이 집의 전원을 모조리 끌 거야. 그래도 괜찮겠어?"

"안 될걸. 지하 두꺼비집은 따로 있어서 당신이 손댈 수 없어."

"아니. 마당에 있는 전력 제어장치를 부술 거야."

우리집 좁은 마당에는 전원 공급을 위한 전주電柱가 세워져 있다. 거기에 연결된 전력용 전원과 인터넷 회선을 지하를 통과해 실내로 끌어온다. 전주에 전기계량기가 달린 제어함이 설치되어 있는데 딱 사람 키 높이쯤 된다. 그걸 부수면 전력 공급이 끊어진다.

"그럼 지하뿐 아니라 1층도 전기를 못 쓰게 돼."

"알아."

"치킨게임도 각오한다는 거구나. 그런데 간단히 전원을 부술 수 있어? 위험하니까 안 하는 게 좋을 텐데."

"어떻게든 해볼 거야." 나는 자포자기 하는 심정으로 말했다. "친구 중에 전기공사를 하는 녀석도 있고, 설령 그 친구가 안 도와줘도 화약을 쓰든 도끼로 찍든 마음만 먹으면 방법은 얼마든지 있어."

자, 어떻게 할래? 나는 이제 어떤 동요에도 굴복할 생각이 없다. 버티기 싸움이다. 나를 만나러 나오든지 아니면 전기를 포기하든지. 원하는 쪽을 고르면 된다. K는 치킨게임이라고 말했지만 컴퓨터와 냉장고를 사용하지 못하는 타격은 그녀가 훨씬 클 것이다.

K는 말이 없다. 전화가 도중에 끊겼나 싶어 불안했지만 유심히 들어보니 전화 특유의 미세한 잡음이 울린다. 귀를 기울이자 K의 긴장된 호흡이, 그리고 그녀의 우수한 두뇌가 전속력으로 회전하는 소리까지 들리는 듯하다. 스마트폰을 쥔 손에 땀이 나 조심하지 않으면 미끄러져 떨어뜨릴 것 같다. 지금 손을 놓을 순 없다. 농성이야, 항복이야? 어느 쪽이지?

그러나 K의 대답은 그 어느 쪽과도 미묘하게 달랐다.

"알았어. 만나자." K가 말했다. "단, 한 가지 조건이 있어."

"조건? 미안하지만 더이상 게임은 사절이야."

"나하고 불을 끈 지하실에서 만날 것. 절대로 얼굴을 보지 않을 것."

"뭐라고?" 나는 기가 막혔다. "아직도 얼굴을 감출 셈이야?"

"이건 지난번에 당신이 직접 내건 조건이야. 거짓말 같으면 메시지 이력을 찾아봐."

물론 메시지를 다시 볼 필요도 없이 기억하고 있다. 분명 나는 그 조건으로 그녀에게 만나자고 했고 거절당했다. 지금은 상황이 바뀌었다. 나는 그녀의 얼굴을 보고 싶다. 어둠 속에서만 만날 수 있다니 말이 되는 소리인가.

그렇게 대꾸하자 K가 쌀쌀맞게 말했다.

"조건을 받아들이지 않으면 문 안 열어."

또 일이 묘하게 돌아가네, 나는 생각했다. 간신히 어려운 협상을 타결하고 이 문을 열 수 있는 약속을 얻어냈는데, 이번에는 어둠 속에서만 만나겠다고 한다. 어느 정도 K의 양보를 받아냈다는 데 의미를 둘 수도 있지만 그런 성취감은 전혀 없다. 어쩌면 지금껏 이 모든 것이 K가 쓴 시나리오에 따른 게 아닐까. 그런 기분마저 든다.

어차피 선택지는 하나뿐이다.

"약속할게." 나는 말했다. "절대로 불 안 켜고 당신 얼굴도 보지 않을게."

17

K가 도어락을 해제하자 나는 약속대로 삼 분간 기다렸다가 문고리를 돌리고 들어간다.

문으로 들어서자 완벽한 암흑이었다. 시험삼아 손으로 눈앞을 가려봤지만 어둠의 농도는 변화가 없다. 아무것도 안 보인다는 뜻이다. 생각해보면 어머니의 뱃속에서 나온 이후 이토록 완벽한 암흑 속에 들어온 건 처음인지도 모르겠다. 도시에 사는 한 어디서도 불빛은 집요하게 따라붙는다.

문 너머에는 좁은 복도가 있고 좌우로 간이주방, 조립식 욕실, 화장실이 있다. 벽과 주방의 집기를 손으로 더듬어 확인하면서 조심조심 발을 내디딘다.

상상했던 것보다 더 걷기 힘들다. 잘 아는 내 집이니 눈 감고도 어느 정도는 자유롭게 돌아다닐 수 있다고 생각했는데 얼토당토않은 과신이었다.

평소 우리는 여러 해 살아온 주거 공간을 훤히 알고 기억한다고 굳게 믿는다. 하지만 실제로 기억하는 건 고작해야 방 배치도에 불과하다. 시각이 매번 보정하고 이끌어주지 않는 한 한 걸음도 생각대로 걸을 수 없다.

아니, 그렇기는커녕—나는 취기를 핑계삼아 대담하게 논해본

102

다—애초에 우리는 존재하는 세계를 보는 게 아니라, 우리가 보기 때문에 세계가 존재하는 게 아닐까.

어둠 속에서 세계는 미확정된 카오스로 애매하게 떠다니다 내가 손을 댄 순간에야 비로소 확정된다.

가령 지금 내 손에 닿은 차가운 스테인리스 약통(이라고 생각되는 물체)은 내가 만지기 직전까지 프라이팬이었는지도 모른다. 혹은 껍데기에 싸인 성게나 심기 불편한 암고양이였는지도. 말하자면 나는 손이 닿기 전까지는 무엇을 탄생시킬지 스스로도 모르는 미숙한 창조주인 셈이다.

그런 쓸데없는 생각을 하면서 긴 시간을 들여 좁고 짧은 통로를 전진한다. 마침내 오디오실의 문에 손이 닿았다. 그 서늘한 감촉이 나를 안심시킨다. 이 세계는 카오스일지 모르지만 문 너머에는 확실히 K가 존재한다.

나는 어깨에 체중을 실어 묵직한 방음문을 열었다.

바람이 느껴졌다.

기분 탓이리라. 지하에는 창문이 없고 에어컨을 켜둔 것 같지도 않다. 다다미 스무 장* 정도 공간의 밀폐된 지하실에 바람이 불어올 리 없다.

---

* 다다미 한 장은 약 180cm×90cm.

그럼에도 나는 기묘한 착각이 들었다. 실외에, 그것도 끝없이 펼쳐진 망망대해 같은 공간에 발을 내디딘 듯한. 정말 이 방에 벽과 천장이 있을까. K는 있을까.

움직일 수 없다. 무섭다. 이 앞에 바닥이 펼쳐져 있다는 기본적인 전제조차 지금은 순순히 믿을 수 없다. 한 걸음 앞에 끝없이 깊은 낭떠러지가 있을 가능성을 대체 누가 완벽히 부정할 수 있을까?

그 자리에 가만히 서서 공포가 가시기를 기다린다.

문득 뭔가 비슷하다는 생각이 든다. 언젠가 이런 어둠 속을 걸었던 적이 있는 것 같다. 언제였는지는 생각나지 않는다.

어둠에 조금 익숙해진 기분이 든다. 아무것도 안 보인다는 사실은 변함없다. 그래도 눈 안에 비치는 어둠의 농도가 아까보다 조금은 부드러워진 듯하다. 강철 같은 검은색이 벨벳 같은 검은색이 된다.

"거기서 뭐해?"

오랜만에 듣는 K의 육성이다. 전화 목소리와도, 기억하던 목소리와도 조금 다른 것 같다. 나는 그녀의 얼굴과 더불어 목소리도 점점 잊어가는 걸까. 그렇지 않다. 어둠 때문에 감각이 이상해진 탓이다. 게다가 사람의 목소리는 하루에 스무 번인가 서른 번 변한다고 셰레솁스키는 말했다. 그런데 변하는 건 목소리만

일까. 목소리가 변하듯 조금씩 딴사람으로 변해도 남들은 못 알아채지 않을까. K는 지금 어떤 모습일까. 내가 아는 K와 얼마나 다를까.

"오랜만이야." 내 목소리도 본래 내 것처럼 들리지 않았다. "얼굴이 안 보이는데 이렇게 말하는 것도 왠지 이상하지만."

"별로 안 이상한데. 전화나 메일로도 오랜만이라고 하잖아."

"그건 그렇네."

"앉을래?"

"의자가 안 보여."

"반걸음 앞으로 가서 오른손을 오른쪽으로 비스듬히 뻗으면 있어."

K의 말대로 하자 의자가 손에 닿았다. 악기 연주 때 앉는 단순한 나무의자다. 어떻게 그녀는 나와 의자의 위치를 정확히 파악했을까. 내 모습이 보이나 생각하는데 K가 키득키득 웃었다.

"나 아무것도 안 보여. 혹시나 해서 말해두지만."

"어떻게 내 위치를 알았어?"

"그야 당신이 문 열고 들어와서 한 걸음도 안 움직였으니까."

그렇구나. 내 생각이 지나쳤다. 안 보이는 건 서로 마찬가지로 우리는 공평한 조건하에 있다.

나는 여전히 그녀의 모습을 보고 싶다는 욕망을 억제할 수 없다. 눈이 적응하면 보이지 않을까 싶어 무심코 암흑 속에서 시선을 한곳에 집중한다.

이따금 사람의 윤곽이 희미하게 떠오른다. K인가? 하지만 윤곽은 바람에 흩날리는 연기처럼 희미해졌다 다른 곳에서 나타나거나 증식하기도 한다. K 자신이 소리도 없이 소멸하고 이동하고 증식하는 것처럼 여겨진다.

안 되겠다. 아무 말도 안 하고 있으니 현실과 동떨어진 망상이 끝도 없이 흘러넘친다. 뭐라도 떠드는 게 좋겠다.

"오늘도 밥 챙겨줘서 고마워. 맛있었어."

"그래? 다행이네."

"연근이 특히 맛있더라."

"응."

"튀김 솜씨도 좋아졌던데."

"고마워."

침묵이 흐르고 나는 초조해진다. K는 언제나 말할 필요가 없으면 자연스레 침묵하는데, 나는 분위기를 이어가기 위해 무슨 말이라도 해야겠다고 생각하게 된다. 특히 여기서는 상대방의 얼굴이 안 보인다. 전화하다 침묵이 길어지면 혹시 끊어졌나 싶어 불안해지듯 암흑 속에서 K의 목소리가 들리지 않으니 그녀의 존재 자체가 사라져버린 것처럼 느껴진다.

"거기 있어?"

얼떨결에 바보 같은 소리를 해버린다.

"있지."

대답이 돌아온다.

"어디 있어?"

"여기 있지." K는 미소를 머금은 목소리로 말했다. "이거 왠지 철학적인 대화 같아."

나는 목소리가 들리는 지점으로 그녀의 위치를 알아내려 하지만 집중할수록 더 모르겠다. 이 지하실은 소리가 독특하게 울린다. 예전에 그녀와 자주 악기 연습을 했던 시절에도 문득 생각지 않은 방향에서 기타소리가 들려와 깜짝 놀란 적이 있다.

지금도 K의 목소리가 복잡하게 굴절되면서 메아리쳐 소리의 주인이 어디 있는지 짐작이 안 된다. 천장에서 들려오는가 하면 내 등뒤, 이따금 귓가에서 들릴 때도 있다. 다시 대화를 시작한 건 K였다.

"일은 여전히 바쁜 모양이네. 몸은 괜찮아?"

"그렇지 뭐. 잠이 부족해 졸리긴 해도 그럭저럭하고 있어."

"그럼 다행이지만."

"당신은 잘 지내는 것 같네. 오르페우스도 대성공인 듯하고. 낮에도 줄곧 여기서 일하는 거야?"

"응. 창문 없는 방에 있으면 집중력이 높아지는 것 같아서."

"나라면 안정이 안 되겠지만. 그건 그렇고 프로그래머는 참 편하고 좋다. 컴퓨터만 있으면 어디든 작업실이 될 수 있으니까. 말도 안 되는 만원 전철을 타지 않아도 되고……"

말하는 동안 나는 문득 의구심이 들었다.

"지금 컴퓨터 충전 안 하고 있어?"

"그건 왜?"

"충전할 때 켜지는 불빛이 안 보여서. 오디오의 시간 표시도 안 보이네. 혹시 콘센트를 전부 빼놨어?"

현대의 주거 공간에는 여러 전자기기가 있으므로 조명을 끈 뒤에도 충전중 불빛 같은 미세한 빛이 보이기 마련이다. 이 방에는 그조차도 전혀 없다.

"맞아." K가 명쾌하게 대답했다. "아주 작은 빛이라도 눈이 적응하면 내 얼굴이 보일지도 몰라서."

"꽤 신중하네."

왜 그렇게까지 보이는 걸 두려워하지? 이런 의문이 짜증과 함께 솟구치지만 나는 꾹 참는다.

"당분간은 이렇게 완벽한 어둠 속에서만 만날 수 있는 거야?"

"그런 셈이지. 혹은……"

K는 말하다 말고 입을 다물더니 낮게 웃었다.

"뭔데?"

"아냐, 됐어. 엉뚱한 생각이 떠올랐을 뿐이야."

"괜찮으니까 말해봐."

"당신 눈이 안 보이게 되면 만날 수 있어."

"그거참, 상당히 과격한 의견이네."

"걱정하지 마. 실명하라고 요구할 생각은 없으니까."

"당연하잖아."

애써 웃어넘겼지만 나는 겨드랑이에 땀이 배는 걸 느꼈다. 정말 내가 시력을 잃지 않는 한 그녀는 밝은 장소에서 나를 만날 생각이 없는 게 아닐까.

공포로 일그러진 내 얼굴을 그녀가 어둠 저편에서 물끄러미 관찰하는 듯한 기분이 든다. 똑같은 조건일 텐데도 내가 불리한 입장인 건 분명하다. 어떻게 이 상황을 타개할 수 있을까.

조금 전 문 앞에서 느낀 공격적인 감정이 다시 끓어올랐다.

K를 볼 수 없다면 대신 이 손으로 만져보면 된다. 아니, 그걸로는 부족해. 뼈가 으스러질 만큼 세게 꽉 껴안고 싶다. 그대로 죽여도 좋다. 언젠가 먼 과거에도 그런 식으로 누군가를 죽였던 것 같은 기분이 든다. 존재하지 않는 폭력의 기억. 코끝을 스치는 피냄새. 기억의 일부는 유전자를 통해 계승된다는 설을 어느 책에서 읽었다. 이 생생한 피냄새는 조상이 맡았던 그것일까. 그

불길한 냄새가 나를 움직이려 한다.

나는 소리가 나지 않도록 세심한 주의를 기울이면서 천천히 의자에서 일어섰다.

"그러고 보니 예전에 읽었던 소설에 이런 이야기가 있었어."

소리를 덮기 위해 생각나는 대로 아무 말이나 한다.

"어떤 이야기?"

되묻는 K의 목소리에 귀를 기울인다. 어디 있는 거지? 여전히 울림이 기묘하다.

"다니자키 준이치로의 『슌킨 이야기』. 읽어본 적 있어?"

"제목은 아는데."

K는 일본 소설을 별로 읽지 않는다. 그녀가 읽는 건 대개 정보 기술 책이나 해외 추리물이다.

"주인공이 샤미센*을 가르치는 슌킨이라는 앞을 못 보는 여인 인데, 제자인 사스케라는 남자와 사랑하는 이야기야. 슌킨은 미 인이지만 성질이 고약해서 자신에게 푹 빠진 사스케를 괴롭히며 즐거워해. 샤미센 수업에서 사스케가 음을 틀리면 벌로 흠씬 때 리곤 하는 거야. 그런데 사스케도 그걸 좋아해."

"SM 같다."

---

* 일본 근세 음악에 주로 사용되는 현악기.

"맞아. 여성 숭배와 마조히즘이 다니자키 문학의 주제거든."

"그런데 그 이야기의 어디가 우리랑 비슷하다는 거야? 나는 딱히 남자를 괴롭히며 즐거워하는 취미도 없는데."

"물론 그렇지." 나는 웃으며 천천히 한 걸음 전진한다. "다만 소설의 마지막 장면이 지금 상황과 약간 비슷하거든. 어느 날 슌킨은 그 오만한 태도가 화근이 되어 그녀를 짝사랑해온 나쁜 남자에게 습격당해 얼굴에 큰 화상을 입게 돼. 미모를 뽐내던 슌킨은 충격을 받고 방에 틀어박혀 사스케에게도 얼굴을 안 보여줘. 그래서 사스케는 슌킨의 얼굴을 볼 수 없게 바늘로 직접 자신의 눈을 찔러."

"굉장한 이야기네."

"개인적으로는 좀 이해가 안 되지만."

"어떤 부분이?"

"아니, 아플 것 같잖아. 예전부터 그런 거 싫었어."

K가 웃었다.

"당신답네. 그래서 이야기로선 더 로맨틱하잖아."

"그치만 사스케마저 실명하면 생활도 힘들 거 아냐."

"그런가? 내가 슌킨이라면 사스케도 같은 맹인이 되어주는 게 기쁠 것 같은데."

쿨한 성향의 K치고 의외의 의견이다. 아니, 잔혹함의 정도가 그녀답다고 할 수 있으려나. 어쨌든 지금 그런 건 아무래도 상관없다. K가 우리의 대화에 주의를 쏟고 있다. 내가 천천히 접근하고 있는 건 아직 알아채지 못했다.

그녀가 있는 지점도 대강 짐작이 간다. 지하실 인테리어의 배치가 서서히 또렷하게 생각나기 시작했다. 맞은편 왼쪽 구석에 2인용 소파가 놓여 있다. 등받이를 눕히면 간이침대가 되는 모델이다. 아마 K는 거기에 앉아 있을 것이다.

"그렇지만," 나는 계속했다. "슌킨은 원래 앞을 못 보잖아? 사스케의 눈이 정말 안 보이는지 확인할 도리가 없어. 그러니 슌킨 앞에서만 맹인인 척하면 시력을 잃을 필요까진 없잖아."

"슌킨은 분명 사스케의 거짓말을 알아챌 거야. 앞을 못 보는 사람은 다른 감각이 예민한 법이니까."

"그럴지도 모르지. 하지만 결코 알아채지 못하게 연기할 수 있다면? 그럼 문제없지 않을까?"

좋았어. 앞으로 세 걸음. 아님 두 걸음일까. 조금만 더 가면 K를 만질 수 있다고 생각하니 가슴이 두근거렸다. 이렇게 박동소리가 크게 울리면 K한테도 들리지 않을까 걱정될 만큼.

"그것도 안 되지."

K의 목소리가 바로 가까이에서 들려온다.

"어째서?"

112

"누군가에게 들키지 않더라도 죄는 죄니까."

"그렇지 않아. 아무도 상처 입지 않는 거짓말이라면 죄라고 할 수 없지."

나는 초조함을 참지 못하고 손을 뻗으며 소파를 향해 속도를 높였다.

그러나 내 손은 분명 그곳에 있을 K의 감촉을 느끼지 못한다. 허무하게 허공을 가르며 몸의 균형이 와르르 무너진다.

무슨 일이 일어났는지 모르겠다. 정신을 차리니 내가 바닥에 널브러져 있었다. 바닥에 뻗은 전선인가 뭔가에 발이 걸린 것이다. 거기에는 소파도 없었다.

"괜찮아? 넘어졌어?"

걱정스러운 듯한 K의 목소리가 허공에서 쏟아진다. 하늘의 목소리 같다.

"괜찮아." 나는 대답한다.

"그래? 다행이다."

"혹시 가구 배치 바꿨어?"

"응. 조금."

정말 '조금'일까. 이 방에 있는 모든 물건이 푹 끓인 카레의 건더기처럼 흐물흐물 녹아 하나가 되어 빙글빙글 돌며 흘러다니는 것 같다.

"저기 K." 나는 천장을—만약 그게 있다면—올려다보며 물었다. "당신 어디 있는 거야?"

"여기 있지."

아무데도 아닌 장소에서 K가 대답했다.

18

다음날 아침, 여느 때처럼 만원 전철을 탔는데 기묘한 감각에 사로잡혔다. 갑자기 주위에 아무도 없고 혼자가 된 듯한 기분이 들었다. 물론 착각이다. 나는 전방위로 모르는 사람들의 신체에 압박당하고 있었고, 눈앞에는 언짢아 보이는 얼굴들이 복닥거리고 있다. 하지만 보면 볼수록 현실감이 없다. 누군가 소형 카메라로 촬영한 영상을 방에서 보는 것처럼 거리감이 느껴진다.

잠이 부족한 탓인가. 그 때문만은 아닌 것 같다. 나는 꾸벅꾸벅 졸면서 눈을 감고 그 이유를 생각한다. 그리고 역에 도착해 개찰구를 나선 순간, 문득 그 해답을 찾은 듯한 기분이 들었다.

이때 나는 이미 승객들의 얼굴과 모습을 전혀 기억하지 못했다. 지금껏 그중 누구의 얼굴도 기억한 적이 없었고 앞으로도 없을 것이다. 즉, 그들은 내 시야에 들어왔다가 몇 초 후면 영원히 기억에서 사라지는 존재에 지나지 않는다. 그 사실을 깨달았기에 그들의 존재감이 희미해진 게 아닐까.

시청에 도착하고 나서도 똑같은 비현실감이 계속됐다. 과장과 부서 동료들조차 존재감이 희미하게 느껴졌다. 전철에 같이 탔던 승객과 달리 나는 그들의 얼굴을 기억한다. 한두 주를 안 만나더라도 잊지 않는다. 하지만 어디까지나 정도의 차이일 뿐이다. 이 직장을 떠나 기억할 필요가 없어지면 나는 언젠가 그들을 잊을 것이다. 기억하더라도 그 기억이 맞는지 아닌지 확인할 방법이 그때는 없다.

애초에 지금 내가 과장이나 다른 동료들에 대해 아는(혹은 안다고 생각하는) 것이 과연 얼마나 정확할까. 지금 눈앞에 있는 과장은 『사자에상』* 에 등장하는 나미헤이** 같은 얼굴이지만, 어제의 과장은 조니 뎁을 닮은 이목구비가 뚜렷한 미남이었는지도 모른다. 물론 터무니없는 가정이지만 그 진위 여부를 확인할 순 없다. 그렇다고 얼마간 노력해서 이 순간의 기억을 뇌리에 새기려 해도 내일까지 남는 건 아주 작은 일부에 지나지 않으리라. 내가 이틀 전 혹은 사흘 전 일을 거의 기억 못하는 것이 그

---

* 후구타 사자에가 주인공인 평범한 가정을 소재로 한 하세가와 마치코의 만화.
** 사자에의 아버지.

증거다.

내내 그런 생각을 하느라 일이 손에 안 잡혀 거의 아무것도 못
한 채 저녁이 되고 말았다.

"오늘은 이만 퇴근해. 안색도 안 좋은 것 같은데."

과장의 말에 못 이기는 척 정시에 퇴근하려는데 히노가 왔다.

"어라, 오늘은 일찍 퇴근하시네요. 오랜만에 하는 정시 퇴근인
데 한잔하러 가요."

"오랜만에 하는 정시 퇴근이니까 곧장 집으로 갈 거야."

나는 가방을 들고 냉큼 나섰다. 히노가 따라온다.

시청을 막 나섰을 때 그가 다시 한번 말을 걸어왔다.

"그렇게 일찍 안 들어가도 괜찮잖아요. 신혼도 아닌데. 아내들
은 남편이 술 한잔 정도 하고 들어오는 쪽을 좋아하는 법이죠."

"독신인 네가 아내들의 마음을 어떻게 알아?"

"에헤헤, 예전에 사귀었던 유부녀는 다들 그렇게 말했어요."

나는 쓴웃음을 지었다.

"조사 대상이 편파적이잖아. 모든 유부녀가 남편이 늦게 귀가
하길 바라는 건 아냐. 남편한테 불만이 있는 유부녀니까 너 같은
녀석이랑 사귀지."

"이런 이런, 한 방 먹었네."

히노가 라쿠고가*처럼 이마를 탁 치며 말했다.

116

"그렇게 말하자면 K씨도 예외는 아니죠."

"무례하긴. 우리는 그런 일 없어."

"그야 뭐 남의 집 사정이니 제 억측에 불과하지만요. 미카와 씨 부부는 괜찮을 것 같네요. 죄송해요, 이상한 소릴 해서."

"아냐, 괜찮아."

역이 보이기 시작했다. 이제야 헤어질 수 있겠다 싶었는데 히노가 또 말했다.

"아 맞다, 제가 예전에 사귀었던 유부녀들 말인데요. 희한하게 다들 공통점이 있었어요."

"남편한테 불만이 있었다는 거잖아?"

"대충 말하자면 그렇지만 좀더 따져보면 남편의 불륜이 계기가 돼서 결국 맞바람으로 치달은 거더라고요. 복수하겠다는 속셈인 건지. 내가 보기엔 그저 쾌락을 즐기기 위한 변명 같지만."

"글쎄 뭘까. 그럼 나는 이만. 자네는 걸어가지?"

"그렇게 서두를 필요 없잖아요. 모처럼 좋은 계절인데 벚꽃도 좀 보면서 걸어요."

"이미 한참 전에 꽃은 다 졌잖아."

"꽃이 지고 새잎이 날 때의 벚나무도 꽤 근사해요. 멋진 연상

---

* 일본 전통 만담 공연인 라쿠고의 만담가.

여인 같잖아요. 어린 여자애들한테는 없는 원숙한 멋을 지닌."

"어느 쪽이든 나는 벚꽃 구경을 별로 안 좋아해. 시끄럽기만 하고 재미도 없어."

"맞아요. 보통 사람들의 꽃구경은 풍류를 빙자한 술자리에 불과하니까요. 진정한 멋을 아는 사람은 술 같은 거 안 마시고 사랑하는 사람과 조용히 가장 아름다운 벚꽃을 감상하는 법이죠."

생긴 거랑 안 어울리는 말을 술술 잘도 하네, 내가 감탄하는데 히노가 느닷없이 얼굴을 찰싹 들이댔다.

"그러고 보니 미카와 씨, N시 최고의 벚꽃이 어디 있는지 아세요?"

"글쎄? 역시 하천 부지인가? D중학교의 벚나무 가로수길도 좋지만……"

"산부인과 벚꽃이에요." 한껏 상기된 히노가 말한다. "한참 전에 망해서 거의 폐허가 된 I마을의 작은 병원요. 거기 벚나무가 이 근방에서 수령도 제일 오래되고 가지 모양새도 근사하거든요. 사진 찍기 좋아하는 사람들이 일부러 다른 지역에서 오기도 한대요. 뭐, 그 주변을 자주 지나다니는 미카와 씨한테는 번데기 앞에서 주름잡는 얘기일지도 모르겠지만……"

19

결국 히노의 유혹을 뿌리치지 못하고 근처 꼬치구이 집으로 술을 마시러 갔다. 골목 안 허름한 가게였는데 요리가 놀랄 만큼 맛있고 가격은 저렴하다. 미팅 때도 그랬지만 이 남자를 따라 들어가는 가게는 실패가 없다. 그는 그런 재주가 있다.

재주로 말하자면 히노는 오묘한 남자로, 좋은 놈과 나쁜 놈의 경계선을 줄타기하듯 걷는 균형감각을 지녔다. 몹시 피곤해서 심기가 불편했던 나도 그의 얘기를 안주삼아 술을 마시는 사이 점점 마음이 들뜨기 시작했다. 히노의 화술은 능수능란하다. 어처구니없는 음담패설이나 잡담을 하면서 일에 도움되는 정보— 시청 내 세력 구도의 변화나 미발표 인사이동 등—를 무심히 툭 던지는 식이다. 정신을 차리고 보니 생맥주를 네다섯 잔이나 마시고 내가 기분이 썩 좋아진 틈에 히노가 또 넉살 좋게 이런 말을 꺼냈다.

"저요, 미카와 씨의 플루트 연주 정말 좋아해요. K씨와의 이중주를 다시 듣고 싶은데."

결혼한 지 얼마 안 됐을 때 몇 번인가 히노를 집에 초대해 연주를 들려준 적이 있다. 그 무렵에는 부부관계도 일도 순풍에 돛 단 듯 순조로워 히노 같은 방해꾼을 집에 들일 여유도 있었다.

"힘들어. 나도 K도 악기를 안 다룬 지 오래라."

"괜찮아요, 미카와 씨라면. 재능이 있잖아요. 프로라도 그만큼 불 수 있는 사람은 별로 없다고요."

"말은 번지르르하게 잘도 하네. 프로의 연주는 거의 들어본 적도 없으면서."

나는 쓸쓸한 표정을 지었지만 칭찬을 들어 내심 기분이 나쁘진 않았다.

"에헤헤, 하긴 들어본 적이 없네요." 히노가 머리를 긁적였다. "하지만 뭐랄까, 미카와 씨 부부의 연주는 가슴에 와닿는 게 있어요. 솔직히 클래식 같은 건 잘 모르지만 눈앞에서 두 사람의 플루트와 기타 연주를 듣고 있으면 클럽에서 춤출 때처럼 무아지경에 빠져들 것 같아요. 특히 탱고나 재즈가 엄청 멋있었어요. 평소 미카와 씨와 K씨는 비교적 쿨하지만 그 곡을 연주할 때는 딴사람이라도 된 양 정열적이니까. 특히 K씨가 변모한 모습이 장난 아니었어요. 설마 그런 열정적인 기타 연주를 하리라고는 아무도 생각 못 할 테니까요."

"피아졸라의 〈나이트클럽 1960〉을 말하는 건가? 우리가 즐겨 연주하는 곡이지. 기적적으로 둘 다 피아졸라를 무척 좋아해서 결혼하기 전에도 종종 합주해보곤 했어."

"맞아요, 피아졸라, 피아졸라. 기타 음색이 잔인한 살인자처럼 냉철한데, 또 요부처럼 달콤한 멜로디도 있어서 짧은 곡인데도 한 편의 영화를 본 듯한 기분이 들더라고요."

"오, 히노도 가끔은 괜찮은 말을 하는데."

오랜만에 좋아하는 음악 얘기를 하다보니 나도 그만 마음이 동했다.

"바로 그런 양면성이야말로 피아졸라의 매력이지. 양면성으로 말하자면, 그의 음악적 근간이 성립된 과정에도 상반되는 면이 있거든. 피아졸라는 아르헨티나인으로서 전통적인 탱고를 사랑하는 마음과 향토적인 민족음악에서 벗어나 보편적인 클래식 음악에 도전하고픈 욕구 사이에서 갈등했어. 한때는 클래식에 심취해 파리에서 공부도 했지만 역시 탱고를 향한 마음을 버리지 못하고 클래식의 대위법과 화성법을 구사한 실험적인 탱고를 작곡해 직접 연주하는 길을 택했지. 그 결과 피아졸라의 명성이 높아지며 세계적인 탱고 붐을 일으키기도 했는데, 아이러니하게도 그의 참신한 음악이 고향인 아르헨티나에서는 크게 환영받지 못하고 오히려 '탱고의 파괴자'라는 비판을 받게 됐어. 우리가 피아졸라에게 느끼는 감동은 그가 품었던 그런 깊은 고독과도 관계가 있다고 생각해. 예로 피아졸라의 〈고독〉이라는 곡이 있는데……"

나는 여기까지 쉬지 않고 떠들어대다 문득 제정신으로 돌아왔다. 히노가 진지한 얼굴로 듣고 있지만 오히려 창피하다.

"아이고, 이런 마니아적인 얘기는 들어봐야 지루하지. 미안, 음악 얘기를 시작하면 나도 모르게 흥분해서. 이래 봬도 꼬마 때는 음악가 지망생이었거든."

"전혀 지루하지 않아요. 저야 뭐 유행하는 음악만 알고 미카와 씨 같은 학식도 없으니까요. 미카와 씨랑 얘기하면 저도 똑똑해지는 것 같아 즐거워요. 그래서 〈고독〉이 어떻다는 거죠?"

"아냐, 됐어. 음악에 대해 이러니저러니 떠들어대는 건 사실 별 의미 없는 일이니까. 관심 있으면 다음에 CD를 빌려줄게."

"오호 감사, 감사. 그런데 제가 관심 있는 건 미카와 씨 부부의 이중주예요. 부부의 연주라 그런지 소리가 더 에로틱해서 끝내주거든요."

"관능미는 피아졸라 음악의 특징이니까."

"아뇨, 바흐인가 뭔가 연주할 때도 에로틱했어요."

"그럼 에로틱한 건 네 귀겠지."

내가 놀리자 히노가 히죽히죽 웃으며 말했다. "뭐 그럴지도 모르죠. 그치만 잘 생각해보면 플루트와 기타라는 조합 자체가 에로틱하지 않아요?"

"그런가?"

"플루트는 악기 중에서 가장 남자의 그곳처럼 생겼고, 기타의 잘록한 부분은 아무리 봐도 여자의 몸매 같잖아요."

"그런 바보 같은 생각 좀 하지 마."

나는 어이가 없었지만 히노의 직감이 꼭 틀린 것도 아니었다. 남녀가 소리를 맞추는 행위에는 적잖이 관능적인 분위기가 감돈다.

"그러니까 괜찮잖아요. 또 놀러가게 해주세요. 네?"

뭐가 '그러니까'인 건지 모르겠지만 술과 음악 얘기로 기분이 좋아진 나는 평소처럼 강경하게 거절할 힘을 잃었다.

"아, 알았어. 조만간 놀러오든지."

"약속했어요. 무슨 일이 있어도 갈 거예요. 어쨌든 제가 두 분의 큐피드잖아요. 약속을 어기면 진짜로 천벌받을지도 몰라요."

천벌? 역시 이 녀석은 나와 후지타의 일을 아는 걸까.

상황이 난감해졌다. 멍하니 생각해봤지만 어째선지 절실한 위기감이나 분노가 끓어오르지 않는다. 머리가 완전히 둔해져버렸다.

20

어지간히 취했다. 역에서 집까지 오는 길에 몇 번이나 전봇대에 부딪혔다. 나는 전봇대에 대고 투덜거렸다.

왜 히노 같은 녀석에게 그렇게 주절주절 음악 얘기를 해댔을까. 그야말로 돼지 목에 진주목걸이다. 그러나 인정하기 싫지만 히노의 의견이 가끔 묘하게 예리한 것도 사실이다. K와 피아졸라의 조합은 히노가 말한 대로 꽤 의외라서 K 자신도 종종 신기해하곤 했다.

"클래식 외의 음악은 대개 지루해서 참을 수 없는데 피아졸라의 음악만은 처음 들었을 때부터 신기할 정도로 몰입됐어."

만난 지 얼마 안 됐을 무렵, K가 피아졸라를 접했던 때에 대해 얘기해준 게 기억난다.

"대학생 때였나. 기돈 크레머*가 바이올린으로 피아졸라를 연주해서 얼마간 화제였잖아? 유행 같은 거 크게 관심 없는 편이지만 그때만큼은 누구보다 먼저 달려가서 피아졸라의 이름이 붙은 CD를 닥치는 대로 사 모았어. 아르바이트비를 다 털어서. 원래 음악을 좋아했으니 CD 사는 데 돈을 쓰는 게 딱히 마음에 걸리지 않았는데 그때는 약간 죄책감을 느꼈던 것 같아."

"죄책감? 피아졸라가 클래식에 비하면 예술적이지 않아서?"

내가 묻자 K는 쓴 음식을 먹기라도 한 듯 찡그린 얼굴로 고개를 갸웃거렸다.

---

* 라트비아 태생의 독일 바이올리니스트.

"그건 아냐. 아마 이유를 설명할 수 없어서였던 것 같아."

바흐의 〈푸가의 기법〉이나 모차르트의 〈클라리넷 협주곡〉을 좋아하는 이유는 얼마든지 설명할 수 있지만 피아졸라를 좋아하는 이유는 설명할 수 없다. K의 말은 그런 의미였다. K의 취향으로 보면 피아졸라의 멜로디는 지나치게 달콤하고 화음은 격정적이다. 피아졸라의 공적은 탱고와 클래식을 융합한 거라고 흔히 일컬어지는데, 그런 까닭에 그의 음악에는 어딘가 일그러진 인상이 늘 따라다닌다. 그리고 무엇보다 K는 탱고를 포함한 댄스 음악 전반에 관심이 없다.

"그럼에도 가령 〈미켈란젤로 70〉을 들으면 리듬에 맞춰 몸이 움직이고, 〈부에노스아이레스의 겨울〉을 들으면 가슴이 뜨거워져. 그 메커니즘을 알 수 없으니 혼란스러운 거야."

심각하게 고민을 얘기하는 K를 보고 나는 엉겁결에 크게 웃었다.

"뭔가를 좋아하는 일에 메커니즘 따위가 왜 필요해. 당신은 생각이 너무 많아. 세상은 프로그램으로 만들어진 게 아니잖아."

"나도 알아. 이과형 인간이라고 그렇게까지 편향된 세계관으로 사는 건 아니니까."

K가 그런 식으로 토라져 입을 삐죽거리며 말하던 모습을 지금도 기억한다. 이상하다. 불과 몇 년 전 일인데 그 무렵의 일을 떠올리자 현재와의 거리감에 아득해진다. 그때는 왜 둘이서 악기

연주만 해도 그토록 행복하다고 느꼈을까. 결국 연애 초기에 흔히 경험하는 환상에 불과했던 건가.

집에 도착한 건 새벽 1시가 지나서였다. 테이블 위에 식은 튀김이 있다. 술집에서 배불리 먹고 마신 뒤라 눅눅해진 튀김옷이 평소와 달리 궁상맞아 보인다. 그렇다, 이게 현실이다. 만난 지 오년이나 지나면 서로 질리기도 하고 싫은 면도 보인다. 그러면서도 정작 중요한 부분은 이해하지 못하는 것이다. 마음이 서늘해짐과 동시에 약간의 공복이 느껴졌다. 그대로 서서 고기 튀김을 먹는데 씹는 순간 격한 불편함이 느껴졌다. 뭐지, 이 고기는? 모양으로 봐서 닭 안심인가 싶었는데 식감이 물컹물컹하고 스며나오는 기름의 맛이 이상하다. 먹어본 적 없는 맛이다. 그 순간 작년 병원에서 본 죽은 아이의 창백한 피부색이 떠오른다. K는 대체 뭘 튀긴 거지? 지독한 망상과 함께 맹렬한 구역질이 올라와 황급히 싱크대에 얼굴을 처박고 토했다. 술집에서 먹은 음식물은 대부분 소화돼서 형태를 알 수 없는 갈색 죽이 됐지만 고기 튀김만은 원형 그대로였다. 고기를 관찰하려 하자 또 속이 메스꺼워다시 토한다. 나는 튀김을 쓰레기통에 버리고 토사물을 치웠다. 그러는 동안 내가 토한 것임에도 보고 있자니 속이 안 좋아 몇번이나 또 게워냈다. 위액까지 전부 토해내고 나자 겨우 개운해졌다. 생각보다 훨씬 과음한 모양이다.

126

보통 우리는 음식물이 몸안에 들어오는 즉시 자신의 일부가 된다고 착각하는데, 실제는 내장에 '외부'가 들어와 있는 것뿐이다. 문득 그런 생각이 든다. 생각하기에 따라서는 음식물을 소화하는 내장도 '외부'일지 모른다. 내장은 생명을 유지하기 위해 내 의지와 상관없이 멋대로 움직이고, 평생 내 눈으로 볼 일도 아마 없을 것이다. 혹시 보게 된다면, 그로테스크한 걸 싫어하는 나는 속이 메스꺼워 또 토하겠지. 본인이 직접 볼 수조차 없는 걸 당당히 자신의 소유물이라 주장하는 건 뻔뻔하지 않은가. 손과 발도 실은 똑같을지 모른다. 실제로 오늘밤 과음했다는 걸 알면서도 내 손은 술을 체내에 계속 따르고 내 다리는 똑바로 걸을 수 없었다. 거의 내 의지로 통제할 수 없었다. 자기 몸이 아니라 부실하게 만들어진 타인의 육체를 어쩔 수 없이 빌린 듯한 느낌이다.

그럼 확실히 나 자신이라 부를 수 있는 존재는 어디 있을까. 진짜 나는 어디에 있는 걸까. 마음? 그것도 의심스럽다. 중요한 건 아무것도 생각하지 못하고 타인은커녕 자신이 무엇을 원하는지조차 모르면서 어째선지 아무래도 상관없는 토악질과 내장에 관해서나 생각하는 마음. 마음 또한 나 자신과 관계없이 꿈틀거리는 뇌라는 물컹물컹한 장기에 지나지 않는 건 아닐까.

"자신 같은 건 없어."

사귀기 시작한 지 얼마 안 됐을 무렵, K는 종종 그런 말을 했다. 내 관점에서 보면 K는 그때껏 만난 그 누구보다 확고한 자아를 가진 인간이었다. 하지만 그런 얘기를 하면 항상 K는 "내가 특별한 인간이라고 생각하거나 다른 사람이 나를 그렇게 여기는 게 싫어" 하며 미간을 찌푸렸다.

"내 생각이나 감정도 독창적인 나만의 것이 아니라 누군가의 것을 복사해서 모아놓은 것에 불과하다고 생각해. 이제껏 읽은 책과 만난 사람, TV나 영화에서 본 것, 세간의 상식 같은 방대한 정보가 뒤죽박죽 섞여서 만들어진 것이 나고, 나는 그때그때 맞춰서 필요한 것을 꺼내 타인에게 보여주거나 행동하는 거야. 그 결과 'K는 이런 사람'이라는 캐릭터가 겨우 만들어지는 것뿐 아닐까. 얼굴이나 체형도 우연히 부여받은 의미 없는 기호야. 내 경우에는 특히 나랑 거의 구별이 안 되는 얼굴이 어릴 때부터 가까이 있었으니 그게 딱히 정체성의 근거가 되지도 않지만."

이런 K의 의견을 들을 때마다 나는 곤혹스러웠다. 한번은 이렇게 반론한 적이 있다.

"그것도 맞는 말이야. 당신이 무슨 말을 하는지 잘 알겠는데, 한편으론 너무 극단적인 생각 아닐까? 당신 말대로 '자기 자신 같은 건 없다'고 친다면 애초에 K라는 여자는 어디에도 존재하지 않는 셈이잖아? 그럼 나는 지금 누구랑 데이트하는 거지? 대체 가능한 아무도 아닌 여자와 함께 있다는 얘기가 되잖아."

그러자 K가 진지한 얼굴로 말했다. "바로 당신이 말한 그대로야."

"나는 대체 가능한 아무도 아닌 여자야. 아니, 그보다 대체 불가능한 사람이라는 게 이 세상에 있을까? 모차르트가 죽었어도 음악사는 끝나지 않았고, 케네디가 암살당했어도 미국은 망하지 않았어. 하물며 나를 대신할 사람이라면 얼마든지 있지."

"그렇지 않아. 당신이 사라지면 나는 상당히 곤란해. 엄청 슬프다고."

고마워, 그렇게 말해주니 기분은 좋네, 하고 K는 말했지만 곧바로 이렇게 덧붙였다.

"하지만 내가 사라지고 얼마 후면 당신은 나를 잊을 거야. 밋밋한 내 얼굴 같은 건 금방 생각도 안 날걸."

그럴 리 없다고 나는 웃어넘겼지만, K의 말이 옳았음이 몇 년 뒤에 증명된 셈이다.

당신은 나를 잊을 거야. 그렇게 말하던 그날의 K는 어떤 얼굴이었지? 유감스럽지만 사실 기억나지 않는다. 지우개처럼 눈, 코, 입이 없는 허연 얼굴만 머릿속에 떠오를 뿐.

표정만은 어렴풋이 떠올릴 수 있다. 멜로디는 정확히 기억하지 못하지만 코드 진행은 알고 있는 그리운 음악처럼. K의 얼굴에 떠오른 표정은 연민이었다. 그런데 무엇에 대한 연민이지? 그 때 이미 우리가 이렇게 될 줄 알았던 걸까. 나도 모르는 내 모습이 그녀에게는 보였던 걸까. 그렇게 생각하자 수치심과 분노가 섞인 감정이 끓어오른다. 그 감정은 이윽고 어젯밤과 똑같이 공격적인 욕망으로 바뀐다.

나는 테이블을 짚고 일어섰다. 알코올을 한껏 빨아들인 육체가 몹시 무겁다. 어제는 약간 취한 정도였지만 오늘은 완전히 만취다. 지금 당장 자고 싶다는 생각이 들면서도 어째선지 다리가 멋대로 현관 쪽으로 향한다. 나는 붙박이 신발장의 문을 열어 맨 상단 끝에 놓아둔 것을 집었다.

지진 이후에 샀던 손전등이었다. 정장 주머니에도 가볍게 들어가는 소형 모델인데 아직 한 번도 사용해본 적은 없다. 그걸 주머니에 넣고 곧장 지하로 향하는 계단을 내려간다. 왜 이런 물건을 가지고 가는지 스스로도 잘 이해가 안 된다. K를 비출 작정인가. 아니다, 약속을 깰 생각은 없다. 그저 부적 같은 것이다. 그런데 무엇으로부터 나를 지키기 위한 거지? 모르겠다. 취기가 사고를 방해한다. 가끔 발을 헛디뎌 난간을 붙잡고 조금씩 계단을 내려간다.

지하층으로 이어지는 문이 순순히 열렸다. K가 문 잠그는 걸 잊었을까. 아님 내가 오기를 기다렸나? 설마.

짧은 통로를 지나고 무거운 방음문을 어깨로 민다. 이 문도 열려 있다.

실내는 물론 암흑이다.

"K, 안 자?"

"안 자."

"뭐했어?"

"방금까지 일했어."

"바쁜가보네."

"당신도 그렇잖아."

"오늘은 일 때문이 아냐. 히노랑 술 마시고 왔어."

"어쩐지. 그래서 술냄새가 나는구나."

키득거리는 웃음소리가 들린다. 어디야? 어디서 웃는 거야?

"이상해?"

"웬일인가 싶어서."

"그러게. 좀 피곤한 것 같아."

정말 피곤하다. 서 있는 것도 힘들어서 나는 손으로 무릎을 짚고 있다.

"괜찮아? 엄청 힘들어 보이네." K는 다정하게 말했다. "당신은 뭐든 생각이 지나쳐. 좀더 자신에게 솔직해져도 되지 않을까."

"자신이라고? 자기 자신 같은 건 없다고 말하지 않았었나?"

"그랬지. 나도 당신도 실은 어디에도 존재하지 않을지도."

목소리가 스르륵 멀어진다. 바다에 떨어진 모자가 썰물에 실려 앞바다로 쓸려가는 것처럼. 희미한 파도 소리가 귓가에서 울려퍼진다. 목소리를 뒤쫓아야겠다고 나는 생각한다. 내디딘 발이 부드러운 모래를 밟았을 때처럼 푹 꺼진다. 앞이 안 보이는 탓인지 평형감각이 이상하다. 바닥이 좌우로 크게 흔들리는 듯한 느낌이 들지만 아마 실제로 흔들리는 건 나겠지. 진정됐던 구역질이 다시 치밀어오른다. 개처럼 짧게 반복하는 가쁜 호흡. 누구의 것도 아닌 가짜 몸과 마음. 어제처럼 더는 발소리를 숨길 생각도 없다. 오늘이야말로 K를 꽉 껴안고 싶다. 말 그대로 으스러질 때까지. 놀랍게도 나는 발기했다. 이렇게 만취한 상태인데도 아플 정도로 빳빳하다. 그렇게 시도해도 안 되더니 왜 지금 와서? 걷기가 몹시 힘들지만 그 통증이 용기를 북돋아준다. 어둠 속에서 방향을 알려주는 나침반의 바늘. 이 세상 모든 것이 누군가의 거짓말이라 해도 이 아픔만큼은 나만의 것이다. 나는 먹이를 찾아 밤의 숲을 떠도는 상처 입은 짐승이다. 그건 그렇고 K는 어디에 있지? 인기척이 없다. 호흡마저 멈추고 있는 건 아닐까. 나는 귀기울인다. 어렸을 때 본 〈영환도사〉라는 B급 공포영화가 생각나 웃음이 난다. 그 영화에 나오는 강시라도 된 것 같다.

"왜 웃어?"

"엉뚱한 생각이 났어. 강시와 인간이 서로를 쫓는 것 같아서."

"강시가 뭐였지?"

"홍콩영화에 나오는 앞을 못 보는 좀비인데, 인간의 숨소리를 듣고 공격해."

"당신이 강시야?"

"응. 아주 난폭하고 머리가 나쁘지."

"재밌겠다."

"영화라면 그렇겠지." 나는 말했다. "이건 현실이야. 잡히면 죽을지도 몰라."

"나는 안 잡혀."

말 그대로였다. 지하실은 끝없이 넓었다. 나는 몇 번이고 발이 걸려 넘어져 구르면서도 결코 K에게 가까이 갈 수 없다. 그저 같은 장소를 돌며 계속 헤맬 뿐이다. 북극성 주위를 맴도는 다 타버린 어두운 별처럼. 나는 기어가듯 걷는다. 깨질 것처럼 머리가 아프다. 최악의 상황이지만 신기하게도 묘하게 충만한 느낌이 드는 것도 같다. 나는 뭔가를 닮았다. 강시와는 별개인 뭔가를. 그 무엇이 내게 힘을 주고 있다. 뭘까?

"왜 도망가는 거야, K?"

"글쎄, 쫓기니까 도망치는 거겠지."

쫓기니까 도망친다. 그래, 나는 K를 닮은 것이다. 아이가 죽은 뒤 집요하게 나를 뒤쫓았던 K를. K가 쫓아오니 나는 도망쳤다. 그녀가 무서웠다. 강시처럼 좀체 이해할 수 없는 존재에게 쫓기고 있다고 느꼈기에 계속 도망쳤다. 지금은 우리의 입장이 역전됐다. K에게 지금의 나는 이해할 수 없는 괴물일까. 그럼에도 K라면 나를 정확히 분석할까.

아니다, K도 인간이다. 모르는 것도 있으리라. 임신에 대해 이상한 열정을 불태웠던 K도 나와 똑같았을지 모른다. 0을 1로 보완하겠다는 냉철한 계산 따위가 아니라, 그녀 역시 분석하지 못한 뭔가에 등 떠밀려 나를 원했던 걸지도 모른다. 그럼 나는 K를 크게 오해한 셈이다. 이치와 논리만으로 움직이는 아내라고, 오히려 내 쪽에서 핑계를 대 단정지었다. 그 억지 해석이 그녀를 어둠 속에 가둬버린 걸까. 모든 건 내 추측에 지나지 않고, 대화를 하기에는 이미 늦었다. 애초에 언어로 서로를 이해할 수 있는 문제가 아닐지도. 나는 이 육체로 그녀를 붙잡아 이해할 수밖에 없다. 하지만 어둠과 하나가 된 그녀에게 닿을 방법을 모르겠다. 그녀는 분명 이곳에 있다. 고작 몇 미터, 아니 어쩌면 몇 센티미터 앞에 있을지도.

더이상 참을 필요가 있을까?

나는 주머니에 손을 넣어 손전등을 움켜쥐었다. 스위치를 누르기만 하면 숨바꼭질은 한순간에 끝난다. K의 얼굴을 보고 껴안을 수 있다. 아무리 K가 의기양양하게 요리조리 도망쳐도 불빛을 가진 내가 압도적으로 유리하다.

그런데 도저히 스위치를 누를 수가 없다. 스위치에 댄 엄지손가락이 화석이 되었다. 핵미사일 발사 버튼에 놓인 대통령의 손가락처럼. K는 그것을 알고 있다.

21

나는 아예 밥 먹듯 지각을 한다. 처음 두세 번은 걱정스러운 듯 말을 걸어준 과장도 이제 아무 말 하지 않는다.

실수가 늘고 일은 눈에 띄게 뒤처진다. 업무중에 수시로 졸기 때문에 당연한 결과겠지만 그렇다고 죄책감이나 조바심은 없다. 전혀 현실감이 없으니까. 상사에게 무슨 말을 들어도 TV 뉴스에서 아나운서가 떠들어대는 느낌이라 남의 일 같기만 하다. 내가 처리한 업무가 동료나 N시 시민에게 어떤 영향을 미친다는 실감이 없다. 엑셀 파일에 수치를 입력하고도 바로 그 수치의 의미를 이해하지 못해 원숭이가 대충 키보드를 두드리는 듯한 기분이 된다. 한번 그렇게 느끼면 더는 컴퓨터를 마주할 수 없어 화장실로 달려가 오르페우스를 한다. 일이든 게임이든 비슷하게 무의미하다면 게임을 즐기는 편이 그나마 나은 것 같다.

후지타는 시청을 그만두었다. 마지막 외근에서 돌아오는 길에, 저 오늘로 마지막이에요, 하고 내게 갑작스레 통보했다. "관두고 뭐할 거야?" 하고 묻자 카운슬러 공부를 제대로 해보고 싶다고 한다.

"후지타 씨라면 좋은 카운슬러가 될 거야."

"빈말은 됐어요."

후지타가 담배에 불을 붙이자 나는 창문을 연다. 불어오는 바람이 부드러워 기분좋다. 빈말 아닌데, 나는 생각했으나 그 말을 하면 괜히 더 빈말처럼 들릴 것 같다.

"지금 나오는 노래, 산쟈니 아니지?"

나는 차 안에 흐르는 음악에 대해 물었다. 허스키한 젊은 남자의 목소리가 섞인 아이돌다운 음색이 꽤 비슷하지만 미묘하게 다른 느낌이다.

"잘 아시네요." 후지타가 인정한다. "키스미라는 다른 그룹인데, 요즘 푹 빠졌거든요. 다음주 니가타 공연에 가느라 또 돈이 없어요."

"그렇군."

"뭐 이렇게 얄팍한가 싶어 어이가 없죠?" 후지타가 웃었다.

"그런데 누구든 좋다는 생각으로 사는 편이 정신 건강상 위험할 일이 적어요."

"그럴지도 모르겠네."

"미카와 씨도 조심하는 게 좋을 거예요. 너무 깊은 곳까지 가지 않도록."

"기억해둘게."

점점 내 주위에서 사람이 떠나간다. 다가오는 사람은 히노뿐이었다. 요즘 나는 일이 얼마나 남았든 조용히 정시에 퇴근하는데, 정신을 차리고 보면 등뒤에 히노가 있다. 그러면 히노의 권유대로 어둑어둑한 뒷골목으로 들어가 술을 마신다.

한밤중에 귀가하면 손전등을 들고 지하실로 내려가 K를 뒤쫓는 것이 일과다. 날이 갈수록 그녀를 붙잡기가 절망적으로 어렵다는 사실이 분명해진다. 내가 쇠약해지는 것에 비례해 그녀는 점점 건강해져가기 때문이다.

어둠 속 K는 어항에서 강으로 돌려보낸 물고기처럼 생기가 넘쳤다. 손전등으로 비추면 내가 아는 K가 아니라 공중을 헤엄치는 물고기가 나타날지도 모르겠다. 아님 포악한 상어나 악어일까.

암흑 속에서 보내는 시간은 악몽 그 자체지만 종잡을 수 없이 보내는 낮에 비하면 훨씬 현실적이라 할 수 있다. 이제는 지상 어디에도 내가 찾아야 하는 게 없지만 지하에는 적어도 K가 있다. 수명을 소모할 뿐이라는 걸 알면서도 나는 지하로 내려갈 수밖에 없다.

이래저래 지내는 사이에 장마철이 되었다.

22

장마 때는 매년 우울하지만 올해는 특히 더 그렇다. 시청에 출근해도 전혀 의욕이 생기질 않고, 근무중에 깨어 있는 시간이 더 짧을 정도다.

이날도 오후 업무가 시작되자마자 잠에 빠졌다. 입술에서 침이 흘렀다. 온후한 성격의 과장이 웬일인지 "그만 들어가" 하고 호통을 쳤다. 짐을 정리하고 사무실을 나서는 내게 과장은 지친 얼굴로 "다음에 카운슬링을 한번 받아보는 게 어때?" 하고 말했다. 아마 남들 눈에는 내가 아파 보이는 거겠지. 이해할 수 있다. 하지만 나는 동시에 이상한 건 당신들이야, 하는 마음도 든다. 어떻게 이런 거짓투성이 세상에서 아무 의심도 없이 살아갈 수 있을까. 나는 점점 망가져가는 게 아니라 반대로 뭔가로부터 계속 치유되는 게 아닐까.

밖에는 비가 억수같이 쏟아졌다. 어차피 집에 돌아가도 할일이 없다. 느긋하게 비가 멎기를 기다릴 작정으로 비닐우산을 손에 든 채 비를 바라보는데, 네 안에는 무엇 하나 안 남을 거야, 너는 중요한 걸 모두 간과하며 살고 있어, 하는 누군가의 말이 들리는 것 같았다. 정말 그럴까. 가령 나는 이 비를 대체 얼마나 오래 내 안에 남길 수 있을까. 지상에 무수히 꽂히는 빗줄기 중에서 적어도 한줄기쯤은 기억에 남길 수 있을까. 시험삼아 눈을 크게 뜨고 비를 응시해봤지만 물론 헛수고였다. 시속 몇 킬로미터인지 몰라도 비의 낙하 속도는 의외로 빨라 겨우 희미한 잔상만 시야에 포착될 뿐인데, 그것도 다음 순간에는 이미 다른 비가 지워버린다. 지금 눈앞의 비 내리는 풍경은 정지한 한 장의 그림인 동시에 육안으로는 포착할 수 없을 만큼 맹렬한 속도로 순간순간 치열하게 계속 변하는 영상이기도 하다. 한번 시야에서 사라진 비는 우주가 끝날 때까지 다시 내 눈앞에 돌아오지 않는다. 그런 생각을 하니 시간아 멈춰라, 하고 갑자기 큰 소리로 외치고 싶은 초조함이 몰아쳤지만, 깊이 생각할 것도 없이 아무래도 상관없는 이런 순간에 세계가 정지해버리는 건 시시하다. 그럼 나는 어떤 순간에 시간이 멈추기를 진심으로 바랄 수 있을까. 그런 순간이 과연 앞으로 내 인생에 찾아오기는 할까.

빗줄기가 약해져 나는 걷기 시작했다. 발걸음이 무겁다. 시청에 있는 시간은 견디기 힘들 만큼 공허하지만, 지하실을 가득 채운 지나치게 농밀한 현실감도 버티기 힘들다. 후지타가 말한 대로 나같이 평범한 사람에게는 적당히 얄팍한 시간이 분수에 맞을지도 모른다.

역에서 집까지 가는 길에도 비가 왔다. 양말이 축축해져 찜찜하다. 가죽 구두 밑창에 틈이 벌어진 걸까. 울적한 상태로 간신히 집 앞에 도착했는데 낯선 기분이 든다. 뭐지. 단층짜리 목조 가옥은 평상시의 우중충한 모습으로 비를 맞고 있다. 녹슨 문을 열고 들어가 수국이 아담하게 웅크린 작은 마당을 지났을 때에야 정신이 번쩍 든다.

그래, 평일 이 시간대에 귀가하는 건 처음이다. 학교를 조퇴했을 때처럼 약간 비일상적인 기분이 든다. 지금 K는 뭘 하고 있을까. 지하에서 일이 더 잘된다고도 했고, 신중한 성격으로 보아 부주의하게 지상층으로 올라오는 일은 없겠지. 하지만 택배를 받거나 필요한 물건이 있어서 지상으로 나오는 일도 분명 있을 테다. 어쩌면 지금 1층에 있을지도 모른다. 그렇게 생각하자 긴장되기 시작했다. 집에 들어가서 K와 맞닥뜨리면 어떻게 될까. 규칙 위반인가. 아니, 그런 경우는 우연이므로 불가항력이겠지. 나는 호흡을 가다듬고 우산을 접어 우산꽂이에 넣는다.

조용히 문을 열고 현관에 들어간 순간, 나는 다시 한번 평정심을 잃었다. 거기에 낯선 구두가 있었기 때문이다.

이렇게 비가 오는 날에 새빨간 하이힐이라니. 게다가 진흙 하나 안 묻었다.

K의 것이 아니다. K는 걷기 불편한 구두를 싫어하기도 하고 빨간색은 신지 않는다.

현관 맞은편에 있는 거실문의 간유리 너머로 형광등 불빛이 보인다. 누군가 있는 것이다.

빈집털이범, 도둑 같은 불길한 단어가 머릿속을 스쳤지만 비 오는 날 빨간색 하이힐을 신고 침입하는 도둑은 없을 것이다. K의 친구라도 놀러온 걸까. K도 나도 사교성이 없어 히노를 제외하고 친구라 부를 만한 사람이 집에 온 적은 없는데.

나는 영문을 모른 채 신발을 벗고 축축한 양말로 천천히 복도를 걸었다. 문 너머에서 클래식 음악이 들려온다.

거실문을 연 순간, 시간이 몇 개월 전으로 되감긴 듯한 착각이 들었다.

K가 소파에 앉아 TV를 보고 있었다.

23

휘황하게 빛나는 형광등 밑에서 K를 보는 게 몇 개월 만이다.

이렇게 싱겁게 K의 얼굴을 봐버려도 될까. 해피엔딩 같지 않다. 뭔가에 속는 듯한 기분이 강하게 든다.

TV에서 오페라가 흘러나오고 있었다. 모차르트의 〈코지 판 투테〉 DVD다. 소프라노 가수가 밝고 경박한 아리아를 부르고 있다. 나는 오페라라면 단연코 바그너나 베르디를 좋아하지만, K는 모차르트를 편애하고 특히 〈코지 판 투테〉를 마음에 들어했다.

소파에 축 늘어져 몸을 누인 채 TV를 보고 있던 K가 이윽고 내 쪽을 보았다. 놀라거나 겁내는 모습은 없다.

"어머, 형부 왔어요."

생긋 웃는 그녀의 목소리를 듣고서야 내 착각이었음을 깨달았다.

"아, K씨구나. 깜짝 놀랐네. 오랜만이에요."

K의 쌍둥이 여동생. 한자로 쓰면 간단한 약자인 케이惠다.

도호쿠에 있는 K의 친정은 결혼 전에 딱 한 번 가본 게 다인데 K씨도 그때 만났다. 일란성쌍둥이라 얼굴은 비슷하지만 화장과 머리 모양, 옷 입는 스타일과 행동거지가 전혀 달라 금방 구별된다.

K씨는 몸에 딱 달라붙는 빨간색 원피스를 입고 진한 화장과 화려한 인조 속눈썹으로 눈에 힘을 주었다. 수수한 K와는 대조적인 차림이다.

"진짜 오랜만이네요." K씨는 요염하게 입술을 벌리고 웃었다. "우리집에 통 안 들렀죠?"

"네, 일이 바빠서 좀처럼……"

"뭐, 저도 집에 아예 못 가고 있지만요."

"뭐예요, 피차일반이네요."

나는 웃었지만 K씨는 살짝 눈살을 찌푸렸다.

"형부, 살 빠졌어요? 인상이 좀 바뀐 것 같아요."

"하하, 요즘 업무가 고돼서요. 연차가 많이 남아서 오늘은 일찍 퇴근했어요. 잠깐 옷 갈아입고 올게요."

티셔츠와 운동복으로 갈아입은 다음 K씨와 소파에 나란히 앉아 〈코지 판 투테〉를 틀어놓은 채 간단히 서로의 근황을 주고받았다.

패션 디자이너인 K씨는 지난주까지 뉴욕에서 패션쇼와 관련된 일을 했고, 지금은 휴가를 얻어 여유롭게 도쿄를 돌아다니고 있다고 한다. "휴가라고 해봐야 결국 숍을 구경하거나 미술관을 다니는 터라 반쯤은 일의 연장이지만요." K씨는 웃었다. 언니와 인사했으니 돌아가려 했는데 비가 심하게 와서 선반에 있던 DVD를 대충 골라 보고 있었다고 한다. 하긴 K씨는 언니와 달리 음악에 관심이 없고 오로지 의상과 미술에만 주목했다고 한다.

"근데 갑자기 우리집엔 무슨 일이에요?"

"최근에 언니랑 메시지를 주고받다가 이상한 느낌이 들었거든요."

외국에 자주 나가선지 '메시지'의 발음이 무척 좋다.

"이상하다뇨?"

내가 묻자 K씨는 어깨를 으쓱거린다.

"지하실에 틀어박혀 나오지 않으니 정상이라 할 순 없잖아요."

"메시지로 그런 얘기도 했군요."

"오해는 마세요. 언니가 그런 식으로 분명하게 쓴 건 아니니까요. 그래도 이상하더라고요. 역시 쌍둥이라 그런가. 혹시 이상한 일이 생긴 게 아닌가 싶어 만나러 와봤어요."

"그런 게 육감이라는 거겠죠." 나는 그녀를 따라 어깨를 으쓱 거렸다. "그래서 K랑은 만났어요?"

"방금 지하에 갔다온 참이었어요. 의외로 건강해 보여서 안심했어요."

"불은 켰어요?"

"아뇨. 뭐라더라, 기름이 튀어서 화상을 입었다면서 어둠 속에서 얘기했어요. 예전부터 언니는 그런 면이 있었으니까 그리 놀라지는 않았지만."

"그런 면?"

"기분이 우울해지면 벽장에 틀어박히는 버릇이 있었어요."

"처음 듣는 얘기네요. 장난으로 벽장에 잠시 갇히는 게 아니라 자기 스스로?"

"네. 아무 말도 없이 자취를 감추는데 그럴 때는 대개 벽장에 있었어요. 고양이랑 함께 웅크려 자고 있더라고요. 초등학교 4학년쯤까지 가끔 그랬어요."

"싫은 일이 있었던 건가요?"

"글쎄요. 이유는 아무도 몰랐어요. 언니는 저랑 다르게 우등생이었고."

"그래도 아버님이랑 어머님은 난감하셨겠네요. 아이가 갑자기 벽장에 들어가버리니까."

K씨는 새빨간 매니큐어를 바른 긴 손톱을 턱에 대고 미묘하게 고개를 갸웃거렸다.

"어떻게 난감해야 좋을지 몰라 난감한 것 같은 느낌이었죠."

"그게 무슨 뜻이에요?"

"언니는 아무한테도 피해를 주지 않았으니까요. 벽장에 들어가도 아침에는 제대로 일어나 학교에 가고 숙제도 벽장 속에서 확실히 하고. 밥도 평소대로 먹고 목욕도 해요. 단지 그 이외의 시간은 누구와도 말하지 않고 벽장에 있는 거예요."

"기행인 건 맞지만 야단칠 정당한 이유가 없다?"

"바로 그거예요. 그래서 부모님도 결국 언니를 가만히 내버려

둘 수밖에 없었죠."

나는 약간 무서워졌다. K가 지금 벌이는 기행도 누군가에게 구체적인 피해를 끼치는 건 아니다. 그녀는 살림과 자기 일을 전부 하고 있고, 나와의 대화를 전적으로 거부하는 것도 아니다. 그런 기행을 어릴 때부터 했다면 문제가 상당히 뿌리깊다고 할 수 있지 않을까.

나는 서서히 암울한 기분으로 빠져들면서 멍하니 〈코지 판 투테〉를 보았다. 터키인으로 보이는 남자가 달콤한 테너로 젊은 여인을 유혹하는 장면이었다.

이 피오르딜리지라는 여인의 연인은 어제 막 전장으로 떠났다. 그녀는 정조를 지키기 위해 거부하려 하지만 남자에게 넘어가는 건 이제 시간문제다. 그런데 지금 피오르딜리지에게 열심히 구애하는 남자는 사실 그녀의 여동생 도라벨라의 연인인 페란도인데, 그녀의 정조를 시험하기 위해 변장한 것이었다. 한편, 전장에 나간 피오르딜리지의 연인 굴리엘모 역시 변장하고 여동생 도라벨라를 유혹하는데, 이쪽이 한발 먼저 성공한다.

이른바 두 커플의 남녀가 유사 스와핑을 연기하는 셈으로 상당히 문란한 이야기다. 왜 K는 시종일관 경박한 이런 오페라를 좋아하는 걸까. 물론 모차르트의 작품인 만큼 음악은 상당한 걸작이지만.

146

"너무 심각하게 생각할 필요는 없지 않을까요? 조만간 나올 거예요."

K씨가 도망간 고양이 얘기를 하듯 가볍게 말하기에 나도 "그렇겠죠" 하고 쓴웃음을 지을 수밖에 없었다. 그런데 K씨가 "어머" 하며 내 옆으로 다가와 몸을 숙였다.

"구멍났어요, 거기."

운동복 바지 무릎 부분에 새끼손가락 끝이 들어갈 만한 구멍이 나 있었다.

"정말이네. 몰랐어요."

"꿰매드릴까요?"

"괜찮아요, 오래 입은 거라."

"부담 갖지 마요. 제가 이래 봬도 그런 거 전문이에요. 일단 프로잖아요."

K씨가 잽싸게 루이비통 핸드백에서 손바닥만한 재봉세트를 꺼낸다.

"뭐해요, 빨리 벗어요."

여기서 벗으라는 건가. 나는 순간 움찔했지만 괜히 주저하는 게 오히려 음흉한 기분이 들어 그냥 바지를 벗었다. 아까 방에서 옷을 갈아입을 때 혹시 몰라 제일 좋은 팬티를 챙겨 입었는데 잘했다는 생각이 들었다.

"형부, 언니가 안 나올지도 모른다고 생각하죠?" 바늘을 빠르게 움직이며 K씨가 말했다. "만약 진짜로 안 나오면 어떻게 할 생각이에요?"

"어떻게 하다니……"

"실은 진심으로 그렇게 생각한 적은 없죠? 내버려둬도 조만간 나올 거라고 마음 한구석에선 생각하고 있을 테니까요."

"물론 그런 측면도 없지 않지만……"

"아님 언니를 대체할 사람쯤은 금방 찾을 수 있다고 생각해서 여유가 있는 건가."

"말이 좀 심하네요. 내가 그리 매정한 남자는 아니에요."

K씨가 손을 멈추고 나를 보았다. 생각보다 거리가 가깝다.

"그럴까요? 사람은 자신이 생각하는 것보다 매정하고, 사실 그 사람이 아니면 안 되는 이유 따윈 그 어디에도 없어요. 나야 쌍둥이였으니 특히 더 그렇게 생각하는 걸지도 모르지만. 부모님조차 우리를 구별하지 못해서 항상 틀렸어요. 내가 화려한 스타일을 선호하게 된 건 그래선지도 몰라요."

"왠지 K 같은 말을 하네요."

K씨는 요염하게 미소를 지으며 10센티미터 더 가깝게 얼굴을 들이댄다.

"잊었어요? 나도 K예요."

아, 하고 얼떨결에 목소리가 새어나갈 뻔했다. 사람의 얼굴은 지나치게 가까워지면 그 전체에 초점을 맞추기가 어려워진다. 초점이 맞는 건 K씨의 눈, 코, 입 같은 단편뿐인데, 화장이 다른 점을 제외하면 K 그 자체였다.

아니, 이제 와 새삼스레 무슨 말을 하는 거야. 그건 당연하잖아. K와 K씨는 쌍둥이 자매니까. 그래서 처음 거실에 들어온 순간 K씨를 K로 잘못 보았던 거다. 눈앞에 있는 사람은 K가 아니지만 K의 얼굴은 지금 여기에 있다. 그렇게 판단할 수 있는 건 내가 바로 K의 얼굴을 기억해냈기 때문이다.

그럼 K의 얼굴을 둘러싼 내 기억상실—혹은 그 비슷한 것—은 이미 해결된 셈이다. 하지만 기분이 개운하지 않다. 여전히 남아 있는 이 이해할 수 없는 감정은 뭘까.

나는 그 해답을 탐색하며 K씨의 얼굴을, 정확히 말하면 왼쪽 눈을 바라본다. 그 눈이 빠르게 세 번 깜빡인다. 그 예민한 깜빡임이 K와 완전히 똑같다. K의 얼굴이라는 확신이 더욱 깊어진다. 그럼에도—이렇게 생각하는 게 상당히 기묘하지만—나는 아직 K의 얼굴이 생각나지 않는다. 시각이 보내는 영상을 기름이 물을 튕겨내듯 의식이 거부하고 있다. 설명하기 어렵지만 그런 느낌이다. 어떻게 하면 그 양쪽을 하나로 녹아들게 할 수 있을까.

K씨의 차가운 콧김이 뺨을 간지럽힌다. 나는 그녀를 꽉 끌어안

고 싶다고 생각한다. K씨는 나를 거부하지 않을 것이다. 아니 오히려 유혹하고 있다. 그런데 뭔가 마음에 걸린다. 안으면 안 돼, 이건 덫이야, 하는 경고음이 멀리서 울린다. 내가 망설이며 어깨를 안자 K씨가 순순히 눈을 감는다. 감은 그 눈이 한층 더 K를 닮았다고 느낀 순간 나를 멈춘 건 TV에서 울려퍼지는 남자들의 합창이었다.

—여자는 다 그래(코지 판 투테).

관객의 웃음소리도 섞여 있다. 이 우스꽝스러운 오페라의 하이라이트 중 하나로, 사랑했던 연인에게 단칼에 배신당한 남자들이 비통해하며 자포자기한 심정으로 노래를 부르는 장면이다.

"역시 안 되겠어요."

K씨가 눈을 뜨고 히죽 웃는다.

"겁쟁이네요."

"그렇기도 하지만 상대가 K씨라 역시 난처하네요. 당신과 K는 닮아도 너무 닮았으니까. 섞여버리면 원래대로 돌아가지 못할 것 같아요."

"희한한 핑계네요. 뭐, 나야 상관없지만."

K씨는 재미있다는 듯 웃으며 아무 일도 없었던 것처럼 바느질을 계속하기 시작했다.

이걸로 됐어. 나는 TV를 응시하면서 숨을 가다듬는다.

"다 됐어요."

나는 고맙다고 말하고 운동복 바지를 입으며 물었다.

"계기 같은 건 없었나요?"

"네?"

"K가 벽장에서 나올 때요. 이를테면 가족이 어떤 말을 하면 나왔다든가."

K씨가 원피스 아래로 드러난 가느다란 다리를 교차해 꼬며 생각났다는 듯 중얼거린다.

"가족들이 무슨 말을 해도 소용없었지만……"

"뭘까요?"

"어릴 때 우리가 피아노 레슨을 받았거든요. 옆 동네에 사는 선생님이 우리집으로 오셨죠. 언니는 아무리 고집스레 벽장에 틀어박혀 있더라도 선생님이 오는 날이면 꼭 얼굴을 비추고 레슨을 받았어요. 그러다 어느샌가 다시 원래대로 돌아갔던 것 같아요."

그만큼 피아노 치는 걸 좋아했다는 건가. 그럼 선생님이 안 오는 날이라도 혼자 치면 된다. 선생님이 어지간히 마음에 들었던 건가.

"선생님보다는 선생님의 소리를 좋아했던 것 같아요. 손목을 다치기 전까지 해외 공연도 다녔던 피아니스트 출신인데, 예순

살이 다 된 분이었지만 놀라울 정도로 맑은 음색을 냈거든요. 언니는 자주 연습을 제쳐두고 선생님을 졸라 바흐나 드뷔시를 쳐달라고 했어요. 그게 좋아서 벽장에서 나왔던 것 같아요."

"흐음, 어릴 때부터 음악을 좋아했군요."

"맞다. 언니한테 콘서트라도 가자고 불러내면 나오지 않을까요?"

좋은 생각이 떠올랐다는 듯 K씨가 말했지만 나는 고개를 저었다.

"안타깝게도 그리 쉽게 낚일 것 같지 않아요. 감상 수준이 높아 어설픈 라이브 연주보다 녹음된 쪽을 좋아하거든요. 토스카니니나 글렌 굴드가 콘서트를 한다면 얘기가 다를지도 모르지만 공교롭게도 이미 예전에 죽었죠."

"그럼 형부가 하면 되잖아요."

"뭘 말예요?"

"굴드를 대신할 사람요. 플루트를 불어서 언니를 끌어내는 거예요."

나는 엉겁결에 웃음이 터져버렸다.

"말도 안 되죠. 나는 아마추어일 뿐이고 요즘은 전혀 불지도 않으니까. 플루트는 피아노랑 달리 독주곡도 적고⋯⋯"

"이런 경우에는 오히려 플루트가 어울리지 않아요?"

"어째서요?"

"플루트의 음색은 축제 같은 느낌이 들잖아요. 축제의 반주음악 같아서. 토라져서 틀어박힌 여신을 꾀어내기에 딱 어울리는 악기가 아닐까요?"

"바위 동굴에 숨은 아마테라스*라도 되는 건가. 상당히 장대한 얘기가 됐네요. 일단 생각은 해볼게요."

빗소리가 멈췄으니 돌아가겠다고 K씨가 말했다.

"또 올게요. 무슨 일 있으면 메시지로 알려줘요."

우리는 현관에 섰다. 문을 열자 비가 그치고 구름 사이로 햇살이 비치고 있다.

"네, 언제든지 오세요."

"내가 오면 언니의 얼굴을 못 보는 쓸쓸함도 좀 달래지겠죠? 어쨌든 똑같은 얼굴이니까."

"아뇨, 역시 K와 K씨는 달라요."

"처음엔 언니라고 착각했잖아요?"

"순간적으로 그랬죠. 하지만 삼 년을 같이 산 부부잖아요. 다른 점을 알겠어요."

"역시 부부는 다르네요. 언니가 들으면 좋아하겠어요."

---

* 일본 창세신화에 나오는 해의 여신.

K씨의 빨간색 하이힐이 푸른 수국 옆을 지나 밖으로 나갔다.

24

K씨가 돌아간 뒤 나는 한동안 허탈했다. 꿈이라도 꾼 것 같았다. 그러나 DVD플레이어에 〈코지 판 투테〉가 들어 있고, 소파에는 두고 간 재봉세트가 놓여 있다. 분명 그녀가 이 집에 있었다는 뜻이다.

지금 K씨 갔어.

K에게 메시지를 보내자 곧장 '읽음' 표시가 뜨고 답장이 왔다.

당신 벌써 왔어?

응. 컨디션이 좀 안 좋아서 조퇴했거든.
그래서 처제랑 딱 마주쳤지.

그랬구나. 갑작스러워서 놀랐겠네?

뭐 좀.

무슨 얘기 했어?

당신한테 안부 전해달래.

그런 말은 안 했지만 이 정도 거짓말은 하나의 방편이다. 키스할 뻔했지만 참았다느니 같은 말은 할 수 없다.

그래.
오늘 밥은 어떻게 할래?

집에서 먹을 생각인데?

그런데 당신이 위에 있으면 내가 1층에 올라갈 수 없어.

그런가. 평소 K는 저녁이 되면 1층으로 올라와 요리를 하는구나.

그렇구나.

그럼 오늘은 밥 안 해줘도 돼. 내가 해 먹을게.

당신 것도 만들까?

고마워. 내 건 지하 주방에서 만들 거니까 괜찮아.

알겠어.

나는 스마트폰을 테이블에 놓고 멍하니 창문을 바라본다. 밖은 벌써 꽤 어두워져 레이스 커튼 너머로 밤이 스며들었다.

밥을 먹어야 할 시간이었지만 요리를 할 마음도 밖에 나갈 마음도 들지 않는다. 불을 켜는 것도 귀찮다. 나는 밝은 장소보다 어둠에 더 익숙해지고 있다. K도 그래서 어두운 벽장에 숨었던 걸까. 벽장에 들어가면 K는 어떤 기분이었을까. 과거와 비슷한 상황에 놓이면 당시의 기억이 되살아나기 쉽다고 책에서 읽은 내용이 생각났다. 나는 K가 아니지만 어둡고 조용한 장소에 있으니 K의 소녀 시절 기억을 더듬어볼 수 있을 듯한 기분이 든다.

플루트를 불어서 언니를 끌어내는 거예요. K씨는 말했다. 그게 가능할까. 음악으로 누군가를 구원한다는 건 그야말로 신화에 지나지 않는다.

신화?

악기를 이용해 아내를 구하려 한 남자로 말하자면, 그리스신화의 오르페우스도 그랬다. K도 내가 플루트를 들고 지하에 나타나기를 기다리는 건가. 그게 오르페우스라는 게임명에 담긴 진짜 메시지였나.

오르페우스는 지옥문 앞을 지키는 개를 리라로 포섭할 만큼 천재적인 연주자다. 나 따위와는 차원이 다르다. 부담이 너무 크다.

그렇게 생각하면서도 나는 침실로 가 일 년 만에 플루트 케이스를 열었다.

K씨의 말을 순순히 받아들여서가 아니다. 오르페우스가 될 수 있다는 자신감이 있어서도 아니다. 내가 지금 플루트를 손에 든 이유는 지금껏 살면서 스스로도 어떻게 할 수 없어 속수무책일 때면 항상 그래왔다는 생각이 났기 때문이다.

중학교 취주악부에서 플루트를 시작한 이후 꾸준히 연주해왔다. 대단한 재능은 없었지만 남들보다 배로 열심히 연습했기에 매번 마지막에는 플루트 파트의 수석 연주자를 맡았다. 하지만 근본적으로는 음악가 자질이 없었다고 생각한다. 특별히 음악을 표현하는 사람이 되고 싶었던 게 아니라 단지 현실도피를 위한 쉼터로 음악에 파묻혔던 것이다.

학교나 집, 회사에서 일이 잘 안 풀릴 때마다 근처 강가에서 밤중까지 플루트를 불어댔다. 실컷 불고 나면 기분이 조금 풀렸다. K를 만나 합주를 즐기게 되기까지 내게 플루트는 고독을 견디기 위한 무기였다.

그 시절을 생각하며 침실에서 플루트를 불었다. 일 년 만이라 역시 어설프다. 손가락은 제대로 움직이지 않고 호흡은 몹시 가쁘다. 머릿속으로 떠올리는 음을 악기가 따라주지 않는다. 테크닉이 녹슬었다기보다 악기가 나를 밀어내는 느낌이다.

한 시간쯤 단순한 음계와 연습곡을 반복해서 불어 간신히 손가락이 풀렸을 때 책장에서 악보를 꺼냈다. 바흐의 유명한 〈시칠리아노〉. 쳄발로 파트를 K가 기타로 치며 자주 함께 연주했던 곡이다. 멜로디가 단순해서 초급자가 연습하기에 알맞은 난이도지만 천천히 파도에 흔들리는 듯 우아한 리듬감을 살리는 데는 나름의 센스가 필요하다.

K를 만나기 전까지 나는 바흐를 별로 좋아하지 않았다. 위대한 작곡가지만 약간 수수하다. 하지만 K와 플루트 소나타를 연주하면서 서서히 그 매력을 알게 됐다. 바흐가 천재인 이유는 아름다운 멜로디도 장엄한 화성도 아니다. 복수의 멜로디가 대등히 어우러져 하나가 되는, 구미키* 세공처럼 정교한 대위법에 있다. 그 위대함은 물론 듣는 것만으로도 이해할 수 있지만, 연주

---

* 목제 조립 완구의 일종.

자로서 직접 소리를 체험했을 때 비로소 가장 깊게 맛볼 수 있다고 생각한다.

놀랍게도 나는 여전히 이 〈시칠리아노〉를 거의 외우고 있었다. 머리가 아니라 몸이 기억하는 것이다. 내 의식과 관계없이 손가락이 저절로 움직이자 묘하게 기분이 좋았다. 마치 다른 인간에게 조종당하는 것 같지만 움직이는 건 나다.

이런 것이 비진술 기억이리라. 나는 기억심리학 책에서 읽었던 내용을 상기한다. 인간의 기억은 언어화해 떠올릴 수 있는 '진술 기억'과 언어화할 수 없는 '비진술 기억'의 두 종류로 크게 나뉜다. 우리가 보통 인식하는 '기억'은 대부분 진술 기억인데, '몇 년 전 언제 어떤 일을 했는가' 같은 과거 사건이나 '사물 또는 개념의 이름' 등이 거기에 해당한다.

한편, 비진술 기억은 '걷는 동작' '자전거 타는 법' 같은 일상 동작과 스포츠, 악기 연주나 그림 그리기 등에 필요한 기억을 가리킨다. 전부 감각적인 부분이라 말로 설명하기 어렵지만 '기억'인 건 분명하다. 가령 우리가 걸을 때 일일이 '오른발을 내미는 동시에 왼팔을 앞으로 뻗고 이어서 왼발을 내밀며 오른팔을 앞으로 뻗고……' 하는 식으로 의식하지 않지만 그 과정을 뇌가 기억하고 있으므로 걸을 수 있다. 야구선수는 무의식적으로 공의 궤도에 반응해 최적의 스윙을 한다. 라흐마니노프의 복잡한 코드를 연타하면서 '몇 번째 손가락이 어느 키에서……' 하고 생각하는 피아니스트는 없다. 그런 동작은 훈련에 의해 기억되고 무의식의 영역에서 몸을 통제한다.

이렇게 '스스로 의식할 수 없는 기억'은 생각보다 훨씬 많이 뇌에 보관되어 있다고 한다. 뭔가에 대한 호불호도 비진술 기억에 속하는데, 어떤 것을 보고 들은 기억이 완전히 소실되어도 그것을 좋아한다(혹은 싫어한다)는 판단이나 감정만은 뇌에 남아 있는 것이다. 그렇게 축적된 무의식의 기억이 방대해지고 복잡하게 섞이면서 각자 고유의 '취향'이 형성된다.

그럼 뭔가를 좋아하는 이유를 말로 표현하기 어려운 건 당연하다. K는 예전에 피아졸라를 좋아하는 이유를 잘 설명하지 못해 당황스러워했는데, 그런 걸 고민할 필요는 없었던 거다. K는 확실히 기억력이 엄청 좋다. 그녀라면 철이 들었을 때부터 지금까지의 일을 전부 세세히 얘기할 수 있다 해도 전혀 이상하지 않다. 그런 K의 내면에조차 말로 하기는 고사하고 그녀 자신도 건드릴 수 없는 영역이 끝없이 펼쳐져 있다.

가장 중요한 건 말할 수 없는 영역에 속한 것일지도 모르겠다. 플루트를 불면서 얻은 쾌감도, K를 보고 싶은 욕망도 정확히 언어화하기는 불가능하다. 그런 생각에 마음이 놓인다. 나는 그 안도감을 찾아 플루트를 부는 걸지도 모른다. 악기 연습에 열중할 때 머리가 텅 비는 느낌은 사고 정지와 비슷하지만 실은 그렇지 않다. 뇌는 정지한 게 아니라 보이지 않는 부분에서 왕성히 활동하고 있다. 식물이 소리도 없이 검은 토양 아래로 뿌리를 뻗어가는 것처럼.

25

다음날 밤, 나는 지하실로 내려갔다. 왼손에는 플루트, 주머니에는 손전등. 오르페우스의 리라만큼 든든하진 않지만 내가 준비할 수 있는 최대한의 무기다. 다행히 내 앞엔 케르베로스도 하데스도 없다.

"안녕." K가 말했다. "손에 뭘 들고 있네."

"어떻게 알아? 보이지도 않는데."

"왠지 알 수 있어. 당신이 방에 들어올 때 느낌으로. 왜, 밝은 장소에서도 뚱뚱한 사람이 들어왔을 때와 마른 사람이 들어왔을 때 느껴지는 게 다르잖아? 그 사람이 밀어내는 공간의 체적이 달라선가."

"당신을 위한 선물이야."

"고마워. 뭔데?"

나는 플루트를 들고 자세를 취한다. 어둠 속에서 악기를 쥐려니 느낌이 이상하다. 특히 금속제 관악기는 외관과 음색이 견고히 연결되어 있다. 은빛으로 빛나는 음색을 온통 어둠으로 칠해버리는 듯한 기분이 든다.

하지만 망상이다. 보이지 않을 뿐 플루트는 여기에 있다. 악보를 완벽히 암기했고 눈을 감고 부는 연습도 했다.

바흐의 〈시칠리아노〉. 긴장해서 초반의 호흡이 살짝 떨린다. 그래도 나쁘지 않다. 좀더 많이 섬세한 비브라토*라고 생각하자. 가느다란 은빛 실이 어둠 속에서 8분의 6박자 곡선을 그리며 떠다니기 시작한다. 이 방 어딘가에 있을 K를 향해. 메트로놈도 반주도 없으니 템포는 내가 스스로 컨트롤할 수밖에 없다. 나는 머릿속으로 리듬을 새기는 쳄발로를 울리며 그에 맞춰 몸을 흔든다. 악보에서 플루트가 잠시 쉬는 파트도 상상 속 쳄발로로 채운다.

불가사의한 일이 일어난다.

반주가 들리기 시작했다. 상상 속 소리가 아니라 고막을 흔드는 실제 소리. 공기가 진동하고 있다.

그것도 쳄발로가 아닌 클래식기타의 소리다. 틀림없이 K의 음

---

* 기악이나 성악에서 소리에 떨림을 주어 울리게 하는 기법.

색이다. 얇고 부드러운 손톱으로 연주하는 투명한 소리. 메트로 놈처럼 정확한 리듬과 수줍은 듯 사라지는 데크레셴도*. 그녀의 버릇이다.

K가 치는 걸까. 그런데 언제 준비한 거지. 내가 플루트를 가져 올 걸 미리 알았나.

파도에 넘실대는 작은 배처럼 내 멜로디가 K의 반주 위에서 우아하게 춤춘다. 오랫동안 체험하지 못했던 쾌감이 나를 흠뻑 적신다. K도 틀림없이 그럴 것이다.

나는 K의 기척을 짙게 느낀다. 그녀가 가까이 있음을 알 수 있다. 지하실에 드나들기 시작한 뒤로 처음 있는 일이다. 그녀의 피부에서 전해지는 체온과 미미한 호흡. 누군가 내 어깨에 살며시 손을 댄다. K다. 언제나 차가운, 기타를 연주하는 손치고 작은 손바닥. 그 손이 어깨에서 내려와 내 허리를 두른다. K가 뒤에서 나를 끌어안는다. 그런데 기타소리가 멈추지 않는다. K는 어디에 있는 거지? 기타를 치는 K와 나를 끌어안은 K, 어느 쪽이 진짜일까.

아니, 양쪽 다 진짜일 것이다. 그렇게 생각할 수밖에 없다. 이 건 우리의 손이 닿지 않는 영역 어딘가에서 일어나는 일이다. 그 이상을 생각하는 건 의미 없고, 무엇보다 그럴 여유도 없다. 눈

---

* 점점 여리게.

을 맞출 수 없는 어둠 속에서 상대의 소리에 맞춰 플루트를 부는 건 어렵다. 우리는 서로의 연주자이자 청중이어야 한다. 그렇게 생각하자 긴장된다. 호흡이 흐트러지고 운지가 불안하다. 불길한 예감이 든다. 음악을 관장하는 건 무의식의 영역이다. 의식이 억지로 통제하려 할 때 균형은 무너진다.

예감이 적중했다. 주제*로 돌아왔을 때 내가 형편없는 미스 터치를 저질렀다. 그 순간 키를 잘못 누른 오른손 중지에 날카로운 통증이 스쳤고, 나는 얼떨결에 플루트를 떨어트렸다. 음악이 중단되고 나는 신음하며 그 자리에 웅크린다. 나를 안고 있던 K의 팔도 사라졌다. 그보다 내 손가락이 어떻게 된 거지? 지금껏 느껴본 적 없는 통증에 이성을 잃고 어둠 속에서 손가락을 더듬는 순간 등골이 오싹했다. 중지가 없었기 때문이다. 날카로운 칼날로 손가락 밑동부터 억지로 절단한 듯 일그러진 상처 부위에서 뜨거운 피가 콸콸 솟구친다. 눈에는 안 보이지만 바닥은 피투성이겠지. 그 광경을 상상하니 정신을 잃을 것 같다.

"왜 그래?"

스산한 목소리로 K가 묻는다.

"말도 안 돼. 손가락이 없어."

---

* 곡의 중심 악상.

허둥대며 호소하는데 K의 반응은 침착하다.

"그럴 리 없지. 잘 확인해봤어?"

"확인하나 마나……"

그녀가 말한 대로였다. 손가락은 원래대로 돌아왔고 어렴풋이 찌릿찌릿한 통증만 남아 있을 뿐이다. 착각한 건가. 착각치고 그 느낌이 지나치게 생생하다. 영문을 몰라 혼란스러워하는 내게 K가 쿨하게 말했다.

"다음엔 틀리지 마. 다시 갈게. 하나, 둘, 셋."

나는 허둥지둥 플루트를 다시 잡고 기타에 맞춰 연주한다. 이번에는 처음부터 템포가 안 맞는다. 호흡이 흐트러진 탓에 앞서 가버렸다. 그러자 이번에는 어둠 속에서 뭔가 날아온다. 그것이 굉장한 속도로 내 왼쪽 얼굴을 스치자 조금 뒤늦게 귀에서 격렬한 통증이 인다. 나는 또다시 웅크린다. 손으로 만져보니 귀가 잘려 피투성이가 됐다. 나는 너무 무서워 의미를 알 수 없는 소리를 지른다. 대체 무슨 일이 일어난 거야. 여기 뭐가 있는 거야.

"왜 또 그래?"

그 냉랭한 목소리에 정신을 차리고 귀를 쓰다듬어본다. 원래대로 돌아와 있다.

이 기묘한 환술은 K의 조작인가. 어둠 저편의 K는 어떤 모습일까. 저승에서 이자나기가 만난 이자나미는 부패한 채 무시무시한 신들에게 둘러싸여 있었다고 한다. K도 그럴까. 귀를 기울이자 허공에서 형태가 이상한 것들이 꿈틀거리는 낌새가 있다. 작은 상어 같은 것들이 떠다닌다. 소리를 잘못 내면 녀석들이 덤벼드는 건가. 나도 모르게 그만 전등을 비추고 싶다는 욕구에 사로잡힌다. 하지만 지금 빛을 비추면 모든 게 끝이다. 나는 시험에 들었다.

"서로의 소리를 똑바로 듣지 않으면 안 돼." K가 다정하게 말했다. "좀더 연습해서 다시 하자."

나는 공포심으로 몸이 떨렸다. 통증이 무서워서가 아니다. 내가 다시 이 고통에 이끌려 어둠 속으로 돌아올 걸 알았기 때문이다.

그것이 내게 유일한 현실적인 감각이었다.

26

일을 쉬는 날이 많아졌다. 쌓여 있던 유급휴가가 순식간에 사라졌다.

오로지 집에서 플루트만 불었다. 하루에 열 시간 넘게 꼬박 불어도 아무렇지 않았다. 오히려 견디기 힘든 건 플루트를 손에서 놓았을 때 밀려드는 불안이다. 생각보다 내 실력은 더 퇴보했고,

K가 바라는 연주 수준은 지극히 높다. 아무리 연습해도 시간이 부족하다. 이웃에게 폐가 될지도 모르지만 이제는 그런 걸 신경 쓸 때가 아니었다.

특히 눈을 감고 연주하는 연습에 주력했다. 어쨌든 본무대는 먹물에 잠긴 듯한 어둠 속이다. 악보는 물론 내 손가락도 보이지 않는다.

맹인은 시각 이외의 감각이 예민해 종종 비맹인보다 뛰어난 실력을 발휘한다고 한다. 하지만 평소 시력에 의존해 생활하는 사람의 경우, 못 보는 것에 대한 불안이 다른 감각을 오히려 둔하게 만들어버리는 모양이다. 눈을 감고 플루트를 불면 속도나 템포가 틀린 걸 알아채기 어렵다. 미스 터치도 늘어난다. 며칠을 계속해도 좀처럼 적응되지 않는다.

녹초가 되어 눈을 떴을 때, 책상 끝에 둔 K씨의 재봉세트가 눈에 들어왔다.

K의 말이 생각난다.

"내가 슌킨이라면 사스케도 같은 맹인이 되어주는 게 기쁠 것 같은데."

『슌킨 이야기』의 슌킨도 사스케도 뛰어난 음악가였다. 그들은 앞을 못 본다는 핸디캡을 음악적 재능으로 승화한 셈이다.

시력을 잃으면 가려진 내 재능도 꽃을 피우지 않을까. 그런 말도 안 되는 충동적인 생각이 묘하게 현실적으로 다가온다. 어처구니가 없다. 그런 일이 가능할 리 없다. 망상에 빠질 시간이 있으면 연습을 더 하는 게 낫다. 나는 그걸 알면서도 왠지 모르게 재봉세트의 뚜껑을 열고 만다. 길이와 두께가 다른 일곱 개의 바늘을 자세히 관찰하며 눈을 찌르는 광경을 상상한다. 어릴 때 들은 풍문에 따르면 환자 부위는 의외로 단단해서 바늘로 찔러도 좀처럼 안 들어가지만 동공을 노리면 힘들이지 않고 속까지 관통할 수 있다. 사실일까. 얼마나 아플까. 피는 얼마나 나올까. 사스케는 '얼굴을 보지 말라'는 슌킨의 소원을 들어주기 위해 시력을 잃었다. 나는 그 행위를 고통에 대한 공포심보다 사랑이 더 컸기 때문이라고 해석했는데 어쩌면 그게 아닐지도 모르겠다. 사스케는 슌킨이 가하는 고통 자체를 사랑했는지도. 사스케는 샤미센 수업에서 실수하면 피가 날 때까지 슌킨에게 맞았다. 그는 그 고통을 참은 게 아니었다. 그럼 나는?

미쳤군. 무슨 생각을 하는 거야.

나는 제정신을 차리고 재봉세트의 뚜껑을 닫았다. 에어컨을 틀어놨는데도 티셔츠가 땀범벅이 되었고 내 호흡은 거칠어졌다.

27

자는 시간도 아끼며 연습한 덕에 플루트 실력이 향상되기 시작했다. 과거 내 전성기를 능가하는 수준이리라.

K와의 이중주도 점점 순조로워졌다. 실수할 때마다 손가락과 귀, 그 밖의 여러 부분을 기묘한 물고기 같은 것이 물어뜯는다. 차라리 죽는 편이 낫겠다는 생각이 들 정도로 고통스럽다. 그러나 그 압도적인 고통과 등을 맞대고 플루트를 연주하는 건 가슴 설레도록 매혹적인 모험이었다.

특히 어려운 부분에서 호흡이 정확히 일치했을 때 쾌감이 강렬하다. 한순간 동시에 서로가 바라는 음을 내는 것. 단지 그뿐인 행위가 폭발적인 환희를 안겨준다. 악기 연주를 즐기는 사람에게는 일상적 체험이겠지만 잘 생각해보면 그 일치는 기적에 가깝다.

나는 이유를 생각해본다. 우리는 평소 귀에 들리지 않는 저마다의 '음악'—가령 사고나 감정, 몸놀림도 포함될지 모르겠다—을 연주하며 생활한다. 장르도 템포도 전혀 다른 '음악'이 동시에 울리기 때문에 이 세상이 소란스럽고 불협화음으로 가득차는 건 당연하다. 그런데 이따금 우연히 자신과 비슷한 음을 연주하는 사람을 보게 된다. 그 사람을 만난 순간 온 세상의 소음이 사라지고 거짓말처럼 아름다운 화음이 울려퍼진다. 우리가 음악을 연주하거나 듣는 이유는 그런 순간을 다시 한번 느끼고 싶어서 가 아닐까?

바흐의 〈시칠리아노〉 연주가 마침내 완성됐을 때 K와 나는 어둠 속에서 끌어안았다. 마지막으로 그녀를 제대로 껴안은 게 언제였던가? 나는 그 온기가 주는 감동에 경탄했다. 바흐의 음악처럼 완벽한 포옹이었다. 이웃한 퍼즐 조각처럼 두 선율이 빈틈없이 포개지며 하나의 작은 우주가 생겨난다. 나는 앞으로 한 걸음 더 나아가고 싶다. K의 입술을 찾으려는 순간 그녀는 다시 어둠 속으로 녹아들어버린다. 그리고 나를 훈계하듯 고요하고 엄숙히 명령했다.

"다음엔 피아졸라를 불어줘."

그 음성이 나를 현실로 돌려놓는다. 생각났다. 과거 둘이 노래방에서 연습에 열중하던 시절에도 이런 흐름이었다. 단정한 바흐가 끝나면 자유분방한 피아졸라가 시작된다. 콘서트라면 상당히 괴상한 프로그램이겠지만 우리에게는 자연스럽다. 그런데 나는 아직 피아졸라를 연습하지 않았다.

"알았지? 그럼 내일 봐."

K는 말했다.

28

내일 봐. 그녀는 산뜻하게 말했지만 그 말은 무시무시한 주술이었다. 내일까지 반드시 피아졸라 연주를 완성해야 한다는 뜻이니까.

날이 샐 때까지 플루트를 불었다. 바벨이라도 끌어안은 것처럼 팔이 무거웠다. 몇 번이나 플루트를 내던지고 싶었으나 강력한 자석에 붙은 것처럼 어떻게 해도 손에서 놓을 수가 없다. 악기의 저주를 받은 것 같았다.

정오가 지나자 아무래도 너무 지쳐 한번 쉬었다. 요리하는 시간도 아까워 선반에 남아 있던 에너지바를 먹고 인스턴트 커피를 마셨다. 눕고 싶었지만 참았다. 한번 잠들면 두 번 다시 일어나지 못하리라.

일어나서 이를 닦고 연습을 재개한다. 졸음은 가셨다. 좋았어. 이대로 음악에 집중하는 거야. 시간이 없어. 메트로놈은 정확한 리듬을 새기는데 시곗바늘이 점점 빨리 돌기 시작한다. 이음줄 붙은 한 박짜리 6연음을 겨우 반복해서 연습하다 정신을 차려보면 한 시간이 지나 있기도 한다.

수월한 작업은 아니지만 딱히 고통스럽게 생각되지도 않는다. 악기 연주 기술은 기본적으로 반복연습을 통해서만 숙달할 수 있기 때문이다. 즉, 연습이란 음을 몸에 새기는 작업이다. 레코드판에 홈을 새기는 것처럼. 제아무리 아름다운 음도, 거대한 음도 한순간 공기를 진동시키고 영원히 소멸해버린다. 하지만 한번 몸에 새겨진 음은 몸이 죽어 없어질 때까지 남는다. 바늘이 레코드판의 홈을 긁을 때마다 몇 번이고 음악은 시작된다. 바늘이 부러져 두 번 다시 음악을 재생할 수 없더라도 홈이 남아 있는 한 음악은 그곳에 있다. 아무리 내가 그 사실을 잊어버렸어도 거기 있는 것이다.

내 모험은 종착점에 가까워지고 있다. 우리집 지하로 내려가기만 하면 되는 작은 모험. 이 여정의 끝에서 무엇을 보게 될지 아직은 잘 모르겠다.

29

"기다렸어."

여전히 소리의 울림이 기묘하다. K의 목소리가 어디서 들리는 건지 알 수 없다. 마치 신처럼 널리 퍼져 있는 그녀. 그런 이미지를 상상하며 나는 살짝 미소를 짓는다. 그렇대도 괜찮다. 내게는 플루트가 있다. 음악으로 어둠을 밝힐 순 없지만 눈에 보이지 않

는 오선보와 음표로 만들어진 그물이 형태가 없는 것도 붙잡을
수 있으리라.

"어떤 곡을 불어줄 거야?"

"〈나이트클럽 1960〉."

"당신의 애주곡이네."

"당신의 애주곡이기도 하지." 내가 말했다. "시작할게."

어둠 저편에서 기타 반주가 울려퍼진다. 악보 첫머리에 적힌
Deciso(과감하게)라는 지시에 어울리게 성능 좋은 엔진처럼 낮
게 울리는 글리산도*. 그에 맞춰 나는 리드미컬한 악구를 울린다.
생각보다 조금 빠르다. 기타가 몰아치고 있다. 침착한 K치고 드문
일이다. 아니, 그렇지도 않다. 이런 정열적인 곡을 연주할 때 K는
내달리는 경향이 있다. 그녀의 버릇이었다. 카 체이싱처럼 격렬하
게 응수하는 16분음표 경과구. 생각할 여유 따윈 없다. 머릿속이
새하얘지고 손가락과 혀와 입술이 자동으로 움직인다. 내게서 독
립한 머리 좋은 생명체처럼. 그렇게 되도록 길들인 것이다.

알레그로** 파트가 일단락되자 분위기는 우울한 렌토***로 확
바뀐다. 숨을 충분히 들이마시고 조용히 기도를 올리는 듯한 멜

---

* 높이가 다른 두 음 사이를 빠르게 미끄러지듯 연주하는 방법.

** 빠르게.

*** 느리게.

로디를 연주하는 동안 나는 눈에 보이지 않는 무수한 상어들에게
에워싸였음을 느낀다. 녀석들은 내가 실수하기를 가만히 기다리
고 있다. 그러나 연주는 완벽하다. 이 정도면 내게 이빨을 드러낼
수 없다.

상어들을 헤치고 뭔가가 다가온다. K다.

등뒤에서 나를 끌어안는다. 작고 모양이 예쁜 가슴이 내 등을
누르는 걸 알 수 있다. 여름날 어둠 속에서 우리의 몸은 따뜻하게
축축해져 하나로 녹아내리려 한다. 그리고 내 몸을 기어다니는
가느다란 손끝. 그 손이 대체 몇 개인지 모르겠다. 무수한 손가락
과 손바닥이 동시에 내 몸의 모든 부위를 애무한다. K가 몇 명인
거지? 천수관음 같은 모습인 건가. 나는 어둠을 응시한다. 그 얄
팍한 계획을 눈치채기라도 한 듯 K의 손이 아무것도 못 보는 내
두 눈을 살며시 가린다.

에로틱한 손끝의 감각에 나도 모르게 음란한 소리가 새어나올
것 같다. 하지만 음악이 끝나지 않았다. 멈출 수 없다. 마지막 한
음이 정적으로 사라질 때까지. 축제에서 실패는 용납되지 않는다.
다시 템포가 빨라진다. 소리를 지르는 대신 나는 플루트에 뜨거운
숨을 세게 불어넣는다. 뭔가에 쫓기듯 절박한 싱코페이션* 리듬.

---

* 동일한 마디에서 센박과 여린박의 규칙성이 뒤바뀌는 현상.

나는 반짝이는 빛을 느낀다. 뭔가가 어둠을 비추는 것이 아니다. 어둠 자체가 빛을 발하고 있다. 나는 가려진 눈으로 그것을 보려 한다. 빛은 가까이에 있다.

그러나 그 빛이 보이기 직전에 음악이 끝난다.

30

조명을 끄고 커튼을 완전히 닫았는데도 틈새로 푸르스름한 빛이 방안에 스며든다. 아침이 가까워졌음을 알 수 있다. 지금 나는 그 사실이 정말 싫다. 들고 있던 플루트를 일단 책상에 놓고 한숨 돌린다.

어째서 인간은 새벽을 희망의 메타포로 말하고 싶어하는 걸까. '동트지 않는 밤은 없다'느니 하면서. 우울증 환자는 주로 동틀녘에 자살한다. 철도에 뛰어드는 인명 사고도 아침에 많이 일어난다. 밤이 영원히 새지 않으면 좋겠다. 실은 모두가 그렇게 바라는 건 아닐까.

지금 나도 그렇게 생각한다. 내 무대는 빛이 안 드는 지하실이다. 이 몸을 극한까지 어둠에 길들이고 싶다. 심해어로의 진화. 그럼 지하실에 내려갔을 때 K와 대등히 맞설 수 있다.

세상에서 빛을 몰아낼 순 없지만 내 몸에서 빛을 빼앗는 건 가능하다. 바늘 하나면 충분하다. 그 가능성이 또다시 나를 유혹한다. 이 초조함을 과감히 찔러버리고 싶다.

하지만 아직은 때가 아니다. 악보를 읽으려면 눈이 필요하다. K의 요청을 완수하는 날까지 잃을 수 없다.

내일 봐, K는 말했다. 다음 과제는 〈탱고의 역사〉 전곡이다. 플루트와 기타를 위해 작곡한 피아졸라 필생의 대규모 모음곡. 벌써 날이 밝는다. 시간이 없다. 오늘도 잠은 못 자겠다.

때로 플루트를 불면서 잠에 빠진다. 짧은 꿈속에서 나는 누군가를 쫓는다. 푸른 잎이 우거진 수풀을 바람을 가르듯 질주한다. 나는 빳빳한 갈색 털로 뒤덮인 짐승의 다리를 가졌다. 둘로 나뉜 딱딱한 발굽이 리드미컬하게 대지를 찬다. 완벽히 발기한 페니스에 바람을 맞으며 물에 젖어 빛나는 님프를 쫓는다. 그녀의 얼굴은 긴 머리에 가려 보이지 않는다. 나는 그저 반들반들하니 흔들리는 엉덩이를 겨냥할 뿐. 끝까지 달아날 수 있을 것 같아? 지금 나는 누구보다 빠르다. 바람처럼, 빛처럼. 그러나 인간을 초월한 속도는 위험을 초래한다. 작은 돌멩이에 발이 걸렸을 뿐인데 이족보행을 하는 짐승은 쉽게, 그리고 치명적으로 균형을 잃는다. 천 길 골짜기를 향해 안면부터 다이빙. 나도 모르게 눈을 감는다. 그러자 눈꺼풀 안쪽에 심하게 기울어진 내 방이 비친다.

순식간에 바닥이 가까워지더니 얼굴을 세차게 부딪힌다. 나는 안고 있던 플루트를 보호하듯 팔로 가리고 바닥에 넘어졌다.

31

"다쳤어?"

K가 물었다.

"어떻게 알아?"

"피냄새가 나."

"냄새 잘 맡네. 개라도 된 것처럼."

"여기 있으면 자연스레 그렇게 돼."

"진화하는 거구나."

그녀가 내 뺨에 난 상처를 핥는다. 따뜻하고 축축하고 의외로 두툼한 혀로 내 뺨을 핥는다. 낮에 넘어져 생긴 생채기가 처음에는 따끔따끔하게 아프더니 타액에 치유되면서 감각이 둔해진다. 내가 가만히 손을 올려 만지려 하자 혀는 어딘가로 사라졌다. 내 손가락은 축축해진 상처를 공허하게 어루만진다.

"왜 도망가?"

"아직 안 돼."

"과제를 마무리하는 게 먼저라는 거지."

"맞아." K는 말했다. "탱고를 불어줘."

우리는 〈탱고의 역사〉를 연주한다. 아르헨티나의 전통적인 탱고 애호가들이 피아졸라를 무작정 싫어했던 이유를 나도 잘 안다. 피아졸라의 탱고로는 춤을 출 수 없기 때문이다. 변칙적 리듬, 공격적 불협화음, 예정된 조화를 거부하는 기발한 전개. 그런 실험적 요소가 무도장에 맞지 않는다. 물론 피아졸라는 그 점을 알고 있었다. 그는 댄스 반주곡으로 탄생한 탱고를 댄스에서 떼어내 음악만으로 성립시키는 험난한 작업을 애써 해낸 이단아였다.

나는 지금 생각한다. 탱고란 그래도 여전히 댄스음악이라고. 댄서들은 이 곡에 춤추지 않는다. 하지만 악기를 연주하는 우리의 마음은 피아졸라의 음악에 맞춰 무의식적으로 약동한다. 나와 K는 소리를 사이에 두고 복잡한 스텝을 밟으며 춤춘다. 눈에 보이는 세계의 건너편에서.

어려운 곡인 만큼 실수 없이 플루트를 불기는 어렵다. 나는 몇 번인가 음을 틀려 섬뜩해진다. 그때마다 뭔가가 팔을, 뺨을 벤다. 상어들이 내 목숨을 노리고 있다. 다만 아직은 가벼운 찰과상 정도다. 플루트를 놓칠 만큼 치명상은 아니다. 나는 아슬아슬한 반사신경으로 춤을 추듯 상어들을 피한다.

얼마 안 있어 어둠 저편에서 무수한 작은 생명체들이 꿈틀거리기 시작한다. 어둠 자체가 춤을 추는 듯하다. 닫힌 지하실에서 불어올 리 없는 바람이 피아졸라의 비트를 노래하기 시작한다. 그것을 신호로 축축하고 괴상한 녀석들이 폴짝폴짝 뛰어오르며 내게 몰려든다. 작은 모형 해일이 밀려오듯. 그 기묘한 생물이 전부 충격적이게도 K다. 그녀는 이미 인간이 아니다. 그러나 조금도 무섭지 않다. 어차피 안 보이니까. 이렇게 말하는 나 역시 지금 어떤 모습인지 알 수 없다. 따뜻하고 축축한 뭔가가 내 뺨에 달려든다. K의 혀다. 먹잇감에 달라붙는 거머리처럼 밀착해 상처 부위를 핥는다. 혀는 무한히 증식해 내 반대쪽 뺨을, 코를, 이마를, 귀를 핥는다. K의 무수한 혀가 순식간에 얼굴 전체를 아예 덮어버리더니 이윽고 천천히 내 온몸을 따뜻한 타액으로 흠뻑 적신다. 옷 안쪽 피부를 점령하고 발가락 끝까지 구석구석 기어다니며 간지럽힌다. 물론 빳빳이 선 채 미동도 없는 페니스 또한 예외가 아니다. 몇 겹이나 되는 작은 혀들이 겹겹이 그것을 감싸고 탱고 리듬에 맞춰 약동한다. 찌르르한 쾌감이 척추를 관통하자 나는 그만 몸을 비비 꼰다. 관능적인 댄스 스텝을 밟는 것처럼. 가장 훌륭한 댄스란 완벽한 전희가 될 수 있는 댄스다. 예전에 본 영화에 그런 대사가 있었던 게 생각난다. K가 치는 기타에 맞춰 나도 발을 쾅쾅 구른다. K가 미소 짓고 어둠이

미소 짓는다. 내 씩씩한 발소리에 자극받았는지 또다른 뭔가가 땅바닥을 기어온다. 이번에는 뭐지? 뭐든 오라고. 차가운 감촉이 발목을 휘감는다. 뱅글뱅글 나선을 그리며 다리를 기어오른다. 뱀이다. 굳이 말하자면 파충류를 싫어하는 편이지만, 이것이 당신이란 걸 알고 있으니 문제없어. 그러고 보니 당신 언젠가 TV에서 뱀의 교미 장면을 보고 감탄했었지? 서로 복잡하게 뒤엉킨 채 며칠을 보내는데, 인간이 억지로 떼어내려 하면 갈기갈기 찢어져 죽는다는 내용이었어. 혹시 당신도 앞으로 그럴 생각인 거야? 뱀이 된 당신은 솜씨 좋은 간호사가 붕대를 감듯 군더더기 없이 내 두 다리를 감고, 슬프도록 싱겁게 페니스를 감고 허리를 지나 가슴으로 올라와, 다음은 팔이야, 훤히 드러난 피부에 서늘하고 꺼칠꺼칠한 비늘이 느껴진다 싶더니 순식간에 손가락 끝까지 도달하고 이어서 플루트로 옮겨가네, 물론 그러는 동안에도 당신은 내 발목까지 단단히 휘감은 상태야, 얼마나 긴 뱀인 거지, 당신을 더듬어가면 이 세상 끝에 도달할 수 있지 않을까, 이윽고 당신은 의외의 행동을 하는군, 가늘고 뾰족한 머리를 플루트 끝으로 밀어넣었어, 어둠 속에서도 한층 깊은 어둠이 가득한 관 속을 지나 취구를 통해 내 입속으로 들어와, 몇 개월 만에 하는 딥키스지? 아니 키스 정도가 아니야, 당신은 나의 내부로 침입한 벨기에 초콜릿으로 만든 위내시경 카메라처럼 달콤하게 녹

아 내장 속으로 가라앉아, 암컷 뱀은 교미가 끝나면 수컷을 먹는
다고도 하던데, 이건 그 반대인가, 당신과 나 어느 쪽이 먹고 먹
히는 걸까, 몸의 외부와 내부 양쪽에서 차가운 비늘 감촉이 압박
을 가해, 그 냉기에 체온을 빼앗기지 않으려 몸이 뜨거워져, 마
그마가 혈관 속을 빠르게 흐르는 것처럼, 나는 당신에게 꽉 안겨
있어, 몸이 갈기갈기 찢길 듯 세게, 아님 내가 안고 있는 건가, 아
무래도 나는 아까부터 모순된 얘기만 하는 것 같아, 하지만 무슨
상관이야, 여기서는 누구도 이치에 맞는 얘기를 할 필요가 없어,
흑백을 가리려 해도 처음부터 색깔 따위가 있을 리 없으니까,
아, 정신을 차리니 음악이 네 소절 남았네, 이미 포르티시모*임에
도 더한 크레센도**로 연주해야 해, 마지막 세 소절은 플루트와
기타가 완전한 동일음을 이루며 하강하는 음계, 스핀 낙하하는
전투기처럼 단숨에 저음역까지 떨어진 뒤 폭사하는 듯한 글리산
도 스포르찬도***.

　나는 사정했다.

---

* 매우 강하게.
** 점점 강하게.
*** 특히 그 음을 강하게.

32

쓰러지는 줄 알았다. 팽팽히 긴장했던 마음이 해방됨과 동시에 온몸의 근육이 일제히 이완된다. 방금까지 바람처럼 가벼웠던 플루트가 한순간에 터무니없이 무거운 쇳조각으로 바뀐다. 중력이 다른 거대한 혹성에 온 것 같다. 심히 피곤하다. 드디어 잘 수 있겠다. 생각해보니 요 며칠간 잠을 제대로 못 잤다. 지금이라면 따뜻한 진흙 속 잠자는 지렁이처럼 꿈도 안 꾸고 죽은듯 푹 잘 수 있으리라.

그런데도 나는 여전히 우두커니 서 있다. 규범 각도대로 플루트를 입술에 댄 채. 몹시 기묘하다. 서 있다는 의식이 없고 몸에는 전혀 힘이 들어가지 않는다. 천장에서 내려온 투명한 실에 매달려 공중에서 자세를 취하고 있는 마리오네트가 된 기분이다.

"아직 잠들면 안 돼." K가 말한다. "축제는 이제부터 시작이니까."

축제. 축제의 반주음악과 비슷한 플루트의 음색.

그렇지, 나는 여신을 끌어내기 위해 지하에 들어왔다. 아직 임무를 완수하지 못했다. 그런데 이 전개가 맞는 걸까. 나는 그저 우쭐해진 미라 도굴꾼*에 불과한 게 아닐까.

내가 쓰러지지 않은 이유를 알았다. 뱀이 된 K가 내 온몸을 단단히 휘어감아 석고붕대처럼 지탱하고 있기 때문이다.

"다음은 〈부에노스아이레스의 사계〉야."

"미안하지만 아직 연습 못했어." 나는 고개를 저었다. "게다가 그 곡은 너무 어려워. 이삼일 시간을 주면 어떻게든 해볼 수 있을 것 같은데."

〈부에노스아이레스의 사계〉는 제목 그대로 '봄' '여름' '가을' '겨울' 네 곡으로 구성된 모음곡인데, 피아졸라의 최고 걸작이라 불리는 작품이다. 피아졸라 자신이 이끄는 밴드를 위해 만든 곡이라 플루트와 기타로만 연주하려면 꽤 고도의 테크닉이 필요하다. 과거에도 이 곡을 완벽히 연주한 기억은 없다.

"괜찮아." K가 소녀처럼 천진한 목소리로 말한다. "만난 지 얼마 안 됐을 때 몇 번이고 함께 연주했잖아. 노래방에서 날이 샐 때까지."

"옛날 얘기야."

"겨우 오 년 전이야."

"오 년이면 사람은 변해."

"어떻게 변했는데?"

---

* '미라 도굴꾼이 미라가 된다'는 일본 속담. 상대를 설득하려고 나선 사람이 오히려 설득을 당한다는 뜻.

듣고 보니 잘 모르겠다. 오 년을 더 산 만큼 나은 인간이 되었을까. 아마 아닐 거다.

"별로 안 변했는지도 모르지. 하지만 적어도 오 년의 시간만큼 서로를 알게 됐잖아. 한 개인으로서 우리는 변하지 않아도 그 관계성은 변할걸."

"정말? 누군가를 알 수 있다고? 그 사람이 될 수 있는 것도 아니면서."

"물론 직접 알 순 없지. 그래도 말이나 행동으로 짐작할 수 있잖아. 정보가 많아질수록 정확도는 높아져. 포커게임에서 버리는 카드를 보고 상대의 패를 추리하는 것처럼."

"정보가 늘어나는 것과 뭔가를 이해하는 건 별개의 문제야. 오히려 상반되는 것일지도 모르지."

"그래도 아는 게 모르는 것보다 나아."

"모든 것을 아는 건 아무것도 모르는 것과 똑같아."

"선문답 같네. 그럼에도 알고 싶어하는 게 인간의 본능이 아닐까. 그렇기에 인류는 긴 시간을 들여 세상 모든 것에 이름을 붙일 수 있었던 거야. 그건 세계를 만드는 일이기도 했고."

"나는 그렇게 생각하지 않아. 우리가 해온 건 세계를 만드는 일이 아니라 그저 언어로 난도질하는 짓 아니었나. 당신이 나라는 인간을 조립하려다 오히려 분해해버린 것처럼."

분해? 이 여자가 지금 무슨 말을 하는 거지?

"저기, 플라나리아라고 알아?"

"……잘게 잘라도 재생하는 거머리 같은 생물?"

"맞아. 어느 실험에 따르면 백 등분으로 잘랐는데도 각 조각이 재생해서 백 마리로 증식했대."

"굉장하네. 하지만 어디까지나 하등동물 얘기잖아?"

"그럴까?"

무수한 K의 목소리가 전방위에서 웅성거리듯 울린다.

"봐, 여기에도 있잖아."

"여기에도."

"여기에도."

"여기에도."

"여기에도."

"여기에도 나는 있어."

"의심해서 미안해." 나는 어깨를 으쓱거린다. "당신은 거짓말을 안 해. 그 점은 예전부터 하나도 안 변했어. 그래도 당신이 하는 말은 역시 비유일 뿐이야. 아무리 몸이 몇 개로 나뉘고 증식하더라도 적어도 나한테 당신은 한 명뿐이야. 그게 중요한 거지."

만담 공연장에서와 같은 웃음소리가 와르르 터진다. 물론 전부 K의 목소리다.

"당신 말은 틀렸어." 무수한 K가 동시에 단언했다. "당신한테 나는 한 사람조차 될 수 없었잖아. 고작해야 0.7명쯤이라 할까. 왜냐면……"

"내가 당신 얼굴을 잊어버렸기 때문에?" 나는 말했다. "당신 알고 있었구나."

"당연하지." 이번에는 한 명의 K가 속삭이듯 말한다. "밝은 곳에서는 어둠 속이 보이지 않지만 그 반대는 잘 보이는 법이니까."

"맞는 말이야. 그래서 나는 이 암흑까지 내려왔어. 당신을 만나기 위해. 당신을 생각해내기 위해. 리라를 든 오르페우스처럼. 당신은 그걸 기다리고 있었지?"

"오르페우스가 에우리디케와 재회했을 때 무슨 일이 벌어졌는지 알지? 그래도 나를 보고 싶어?"

"보고 싶어."

"분명 후회할 텐데."

"그럴 일 없어."

"정말?"

나는 아무 말 없이 고개를 끄덕인다. K에게 보일 거라 믿으며.

"생각해볼게." K는 말했다. "단, 음악이 끝난 뒤에."

"좋아. 해낼 수 있을지 모르겠지만 최대한 해볼게. 곡 순서는?"

"당연히 〈봄〉부터지."

오케이, 나는 대답했다.

〈부에노스아이레스의 봄〉. 시작부터 바흐의 푸가를 연상케 하는 대위법을 구사한 기발한 악곡인데, 우리의 연주는 믿을 수 없을 만큼 순조로웠다. 꿈을 꾸는 듯하다. 우리는 어둠 속에서 몸을 밀착하고 피아졸라가 쓴 대담한 악보를 더듬더듬 따라가며 소리를 뽑아낸다. 기술적으로 어려운 부분을 무난하게 벗어나고, 어지럽게 변화하는 템포도 경이로운 싱크로율로 맞추고, 더나아가 가벼운 애드리브로 서로를 자극하며 즐기기도 한다. 오랜 기간 무대에 서온 베테랑 부부 듀오처럼. 아까 〈탱고의 역사〉를 불었을 때와 같은 격정은 더이상 없다. 매우 자연스레 음악이 탄생해서 이제는 플루트를 연주하고 있다는 감각조차 희미해진다. 입술에서 새어나오는 숨이, 내가 살아 있는 이 시간 자체가 멜로디가 되어 흘러넘친다. 시험삼아 플루트를 손에서 놓더라도 음악은 계속되지 않을까. 그런 기분마저 든다. K도 마찬가지겠지. 지금 그녀라면 현이 없는 기타도 완벽히 연주하리라.

다음은 〈여름〉, 모음곡 중에서 가장 격정적인 음악이다. 피아졸라 특유의 별난 리듬 패턴과 폭력적인 불협화음, 반복될 때마다 격렬함을 더해가는 어딘가 우울한 주제. 이 곡을 들을 때마다 나는 기묘한 이미지에 사로잡힌다. 작곡자인 피아졸라가 책상 앞에 앉아 무심히 총보를 쓰는데 한 소절을 끝낼 때마다 북북 소리를 내서 오선지를 찢는다. 그 찢는 소리가 이 〈여름〉이다. 그런 이미지다. 바흐의 음악은 악보에 적힌 모든 음에 명확한 의미가 부여되고, 소리가 스스로 새로운 소리를 만들어내면서 전체를 완성해가는 구축성이 있다. 한편, 한번 표현된 음을 다음 음이 완전히 지우고 스스로를 파괴하면서 종국을 향해 질주하는 것이 피아졸라다. K가 왜 바흐와 동시에 피아졸라를 좋아하는지 드디어 어렴풋하게나마 알게 된 것 같다. 완벽히 만들어진 건 언젠가 파괴될 수밖에 없다. 서로를 휘감은 암수 한 쌍의 뱀이 언젠가는 떨어져야 하듯.

주위가 조용해졌음을 느낀다. 소리가 작아져서도, 소리에서 멀어져서도 아니다. 그 반대다. 너무 가깝기 때문이다. 〈가을〉 속에, 아니, 음악 내부에 내가 있다. 태내에서 어머니의 노랫소리를 듣는 것처럼. 사계절이 변하듯, 시간이 흐르듯 음악이 흐르고 우리도 그 흐름과 함께 간다. 승객이 자신이 탄 차의 속도를 볼 수 없듯, 음악 내부에 있는 사람은 그 빠르기를 들을 수 없다. 한없이 멈춰 있는 시간 속에서 어떤 오해를 깨닫는다. 이제껏 음악은 악기나 목소리를 모아 만드는 것이라고 생각했는데 실은 그 반대가 아닐까. 태초부터 이미 모든 음악은 충만했다. 엄청 거대하고 투명한 망령처럼 소리도 없이 지상을 떠돌고 있었던 거다. 악기는 그 망령들을 일시적으로 불러 세워 인간의 귀에 들리는 형식으로 변환하는 장치에 지나지 않는다. 모든 음악가와 청중은 그 것을 조종하는 사제이자 동시에 제물이기도 하다. 나와 K는 지금 거대한 망령을 구성하는 하나의 작은 세포다.

그 자체가 역사처럼 끝없이 계속될 것만 같았던 〈부에노스아이 레스의 사계〉도 종국에 가까워진다. 뭔가를 견디는 듯한 엄격한 표정으로 일관된 〈겨울〉의 종결부가 봄의 시작을 예감하는 온화 한 바로크풍으로 연주되면서 계절의 순환이 조용히 끝을 맺는다.

그러나 음악은 끝나지 않았다. 나는 K가 깔아놓은 코드 위에 자유자재로 멜로디를 얹는다. 사계절이 완전히 타오른 뒤 낯선 계절에 발을 내디딘다. 탱고인지 바로크인지 재즈인지 따윈 더 이상 아무 의미도 없다. 즉흥연주? 그런 세련된 게 아니다. 나는 그런 재능도 기술도 없다. 누군가가 내 밑바닥에서 멋대로 소리 를 뽑아내 울린다. 그 누군가는 K 같기도 하고 그 배후에 있는 무엇 같기도 하다. 내 의지는 전적으로 무시된다. 생각이나 감 정도 점점 사라진다. 나는 생각하지 않는다, 고로 존재하지 않는 다. 우리는 그 어디에도 도달하지 않을 것이다. 어느 장소도 지 향하지 않기 때문이다. 하지만 그걸로 됐다. 계속해서 함께 걷는 것 자체가 이미 목표에 도달한 게 아닐까.

그렇지, K?

대답은 없었다.

33

정신을 차려보니 음악이 사라졌다. 음악뿐만 아니다. 모든 소리가 들리지 않는다. 믿을 수 없을 만큼 완전한 정적이다.

세계를 가득 채운 대기가 진공이 되고 바람을 잃은 새는 추락한다.

나는 바닥에 쓰러져 있었다. 이미 한참 전에 한계를 뛰어넘은 것이다. 뱀으로 변한 K가 가까스로 나를 세워 플루트를 불게 했는데 지금은 지탱해주는 이도 없다. 그녀는 나를 버린 건가. 아님 나와 마찬가지로 힘이 다한 건가. 내가 이곳에 며칠이나 있었던 거지? 몇십 년 동안 빛을 안 보고 산 듯한 기분이 든다. 마지막으로 지상에 있었던 게 언제였더라? 시청에서 근무했던 무렵의 일들이 전생의 사건처럼 여겨진다.

K, 아직 거기 있어?

물어보려 했지만 목소리가 안 나온다. 목소리뿐만 아니라 모든 소리, 평생 치의 소리를 다 써버린 듯하다. 겨우 전파를 수신하지만 소리가 안 나는 고장난 라디오처럼.

멀리서 음성이 들려온다. 노랫소리인 듯하다. 가사는커녕 멜로디조차 선명히 들리지 않는다. 우연히 수신된 외국 라디오 방송처럼 소리가 중간중간 끊기고 잡음이 섞여 들린다. 대체 어느 나라의 음악이지. 왠지 모르게 슬픈 노래처럼 느껴진다. 소리에 집중하려 눈을 감아봤지만 어둠의 농도는 변함없다. 내가 이미 눈을 감고 있었는지도. 청각을 조율해 노랫소리를 확실히 포착할 수 있는 주파수를 찾는다. 소리에 대한 감도가 예민해진다. 공중에 떠다니는 먼지가 스치는 소리까지 들릴 것 같다. 노랫소리가 점점 선명해진다. 조금만 더 하면 알아들을 수 있을 것 같다. 그런데 기묘하게도 느닷없이 섬뜩한 공포가 울컥 치민다. 터널에 들어갔을 때처럼 고막이 아프다. "듣지 마." 누군가 내 귀를 막으려 한다.

뭔가 짙은 예감이 든다. 나는 뭔가를 생각해내려 한다. 과거에 보지 않으려 했던 것, 듣지 않으려 했던 것. 어둠 속에 가둬두었던 것. 그것이 다시 나타나려 한다. 나는 그것을 두려워한다. 열면 안 되는 판도라의 상자처럼. 그러나 결국 보고 싶다는 욕망이 공포심을 넘어선다. 내 귀에 노랫소리가 닿는다.

그건 노래가 아니었다. 외침이었다. 갈기갈기 찢기는 듯한 여자의 외침. 한데 의미가 모호하다. 환희의 외침으로도 들리고, 도움을 구하는 비명 같기도 하다.

한 가지 분명한 사실은 그게 K의 목소리였다는 것이다.

34

음악과 춤의 시대는 아주 오래전에 끝났다. 어둠 저편에 존재하는 건 폭력적인 무엇이다. 그리고 그건 아마 내가 잘 아는 것이다. 현기증이 날 정도로 강렬한 기시감이 든다. 이것은 현재인가, 아님 내가 잊고자 했던 과거인가.

손으로 벽을 짚으며 천천히 일어선다. 몸은 몹시 무겁고 마디마디가 아프다. 연료가 떨어진 낡은 로봇처럼 나는 K에게 다가간다.

어둠 속에서 K는 누군가와 격투중이다. 상대는 남자다. 말로 표현할 수 없는 분노와 슬픔이 온몸을 뜨겁게 달군다. 싸워야 한다. 녹초가 된 지금 내가 그를 이길 수 있을까. 무기로 쓸 만한 게 없을까.

숨을 죽이고 앞으로 나아가는데 발끝에 뭔가 닿는다. 기타 같다. 난폭한 남자와 맨손으로 싸우는 것보다 낫겠지. 나는 기타의 목 부분을 잡고 소리가 안 나게 조용히 들어올린다. 꽤 무겁다. 의외로 괜찮은 무기가 될 것 같다.

K와 남자는 이제 바로 코앞에 있다. 남자는 내가 접근하는 걸 알아채지 못한다. 나는 기타를 들고 자세를 취한 상태로 주저한다. 갑자기 기타를 내려친다면 K까지 덩달아 휘말릴지도 모른다. 내가 여기 있다는 사실을 아는지 K가 분명하게 "여보" 하고

불렀다.

나는 주머니에서 손전등을 꺼내 스위치를 눌렀다.

35

아무것도 보이지 않았다.

어둠에 익숙해진 눈에 그 인공적인 빛이 지나치게 밝았기 때문이다. 태양빛을 정면으로 쳐다보았을 때처럼 시야가 온통 하얘지고 날카로운 통증이 두 눈을 가른다.

K와 남자의 목소리가 사라졌다. 둘은 숨을 삼키고 이쪽을 올려다보고 있는 듯하다.

눈물로 부예진 시야가 이윽고 형상을 갈무리하기 시작한다. 빛을 없애고 싶다, 아님 눈을 감고 싶다는 강력한 충동에 사로잡힌다. 눈이 너무 아프기도 하고, 그곳에 펼쳐진 광경을 보는 게 두렵기도 해서다. 그러나 이미 늦었다. 나는 결국 보고 말았다.

남자는 히노였다. 히노는 K에게 깔린 상태로 나를 올려다보고 있다. 그리고 나는 어둠 속에서 돌아보는 K와 눈이 마주쳤다. 슬퍼 보이는 그 시선을 분명 전에 본 기억이 있다.

나는 눈을 피하고 싶어진다. 예전에 똑같은 광경을 보았을 때 그랬던 것처럼.

그건 대체 언제 있었던 일이지? 왜 K는 나를 배신했을까.

아니, 그런 건 사실 아무래도 상관없다. 중요한 건 내가 왜 그 일을 안 본 것으로 하고 잊어버렸는가다. 그날 나는 그 장면을 보고 뭘 했지? 과거와 비슷한 이 상황에 기억이 되살아난다. 그럼 지금 이 감정도 그때와 똑같은 건가. 눈앞이 아찔해질 만큼 강렬한 살의. 기억 저편으로 밀려났던 찐득한 피냄새가 또다시 코끝에서 되살아난다. 그런데 나는 누구를 죽이고 싶은 거지? 히노인가 K인가, 아님 나 자신인가?

K는 여전히 나를 보고 있다. 이번에야말로 눈을 피해선 안 된다. 설령 피한다 해도 완전히 잊는 건 불가능하다. 그녀는 이미 내 일부가 되었으니까. 그것을 잃으면 내가 나일 수 없을 정도로 아주 깊숙한 곳에서.

아니, 아니, 그러니까 그게 아니라요. 히노가 뭐라고 말한다. 미카와 씨가 연락도 안 되고 시청에도 아예 안 나오시니까 과장님이 걱정돼서 저한테 잠깐 상황을 보고 오라고, 그래서 와봤는데 아무도 안 나오시는 거예요, 현관이 열려 있어 무심코 들어왔더니 집안에도 사람이 없어서 이상하다 싶어 혹시 지하실에 계신가 하고, 아니, 그야 물론 남의 집을 멋대로 돌아다닌 건 제가 잘못한 거지만, 이거 정말 비상사태가 아닌가 해서, 미카와 씨가

위험에 처한 거면 큰일인데 싶어 보러 왔더니, 캄캄하고 아무것
도 안 보여서 손으로 더듬거리며 걷다가 K씨에게 발이 걸려 넘
어졌는데, 정신을 차려보니 이렇게 돼버려서.

히노가 변명을 늘어놓는 중에 나는 손전등을 껐다. 딱히 분노
를 느껴서가 아니다. 단지 이 남자의 말 따위야 아무래도 상관없
다고 생각했기 때문이다. 히노의 얘기를 듣고 있으니 오랜만에
내가 현실감이 흐려진 걸 알았다. 세상에 아무래도 상관없는 일
은 거의 없다.

그 거의 없는 일을 위해 나는 기타를 내려쳤다.

36

지금 어디로 가는 거야?

내가 물었지만 운전석에 앉은 K는 아무 말이 없다. 늘 그렇듯
등을 구부정하게 굽히고 전방을 주시하며 정직하게 양손으로 핸
들을 잡고 있겠지. 있겠지, 라고 추측할 수밖에 없는 건 내 눈에
안대가 씌워졌기 때문이다.

우리는 자동차로 이동중이다. 뒷좌석에 피투성이가 된 히노를
싣고.

그후 K의 행동은 신속했다. 허탈해하는 내게 안대를 씌우더니 침착하게 지시했다. 당신은 머리를 들어, 나는 다리를 들 테니까. 열중했던 탓인지 히노를 어떻게 차에 실었나 잘 기억나지 않는다. 가까스로 1층까지 들어 옮길 수 있었던 것 같다.

자동차는 어느 부근을 달리고 있을까. 예전부터 운전에 상당히 신중해서 K가 제한속도를 1킬로미터라도 초과하는 걸 본 적이 없다. 흔들림이 거의 느껴지지 않는데다 시야도 가려진 터라 멍하게 있으니 아무데도 가지 않는 것처럼 느껴진다. 심지어 아직 그 지하실의 어둠 속에 있는 듯한 기분마저 든다. 나는 그런 착각에 안심이 된다.

이거 벗어도 돼? 내가 안대에 손을 대며 묻자 이번에는 "안 돼" 하고 대답이 돌아왔다.

"왜?"

"부끄러우니까."

나는 웃음이 났다. 엄청난 사태가 벌어진 게 분명한데 어째선지 긴장감이 없다. 긴장은커녕 우리는 아무 일도 없었던 것처럼 전에 없이 느긋하다. 이러다 이대로 처음 만난 때로 타임 슬립해 평범하지만 온화한 일상을 시작할 것 같은 기분이 든다.

"벌써 한 계절 동안 당신 얼굴을 못 봤어. 이제 슬슬 보여줘도 되잖아."

"거짓말. 아까 봤잖아. 손전등으로 비췄을 때 눈이 마주쳤으면서."

"조금밖에 못 봤어. 그 녀석이 방해해서. 정말 끝까지 폐만 끼치는 녀석이었어."

"굳이 애써서 볼 만큼 가치 있는 얼굴도 아니잖아. 당신도 그렇게 생각하지?"

"안 그래."

"동생이랑 나도 구별 못하면서?"

"구별해. 지난번에 K씨를 만났을 때 쌍둥이여도 의외로 안 닮았구나 했어."

그러자 K가 평소와 전혀 다른 목소리로 크게 웃었다. 요염하고 거리낌 없이, 마치 유혹하는 듯한 웃음소리. 나는 쓴웃음을 짓는다.

"뭐야. 역시 그때 당신이었어?"

"역시라니?"

"뭔가 이상하다 했어. 비가 억수같이 오는데 현관에 있던 빨간색 하이힐에는 진흙 하나 안 묻었더라고."

"후후. 뒷북이지만 나쁘지 않은 추리네. 힌트를 하나 더 줬었잖아."

"〈코지 판 투테〉였구나."

그 괴상하고 정신 사나운 희극. 변장한 모습으로 유혹을 시도하는 약혼자들에게 여자들은 허무하게 속아넘어가고, 시녀도 가세해 감쪽같은 변장으로 주인을 속인다. 변장한다고 저리 쉽게 속을 수 있냐며 그 오페라를 볼 때마다 바보 같다고 무시했는데 설마 내가 그 대상이 될 줄이야.

"그때 알아챘으면 지하실에서 나오려 했는데."

"어렸을 때 벽장에 들어갔다는 건 사실이었어?"

"사실이지."

"왜 그런 행동을 했어?"

"실험이랄까."

실험?

"내가 사라지면 집과 세상이 어떻게 변할지 확인해보고 싶었어. 사라진 뒤에 생긴 공백을 보면 내가 어떤 사람인지 알 수 있을 것 같았거든. 물론 잘되진 않았지만."

그런 비뚤어진 짓을 안 하더라도 평범하게 살다보면 자신이 어떤 인간인지 정도는 알 수 있지 않나. 나는 그렇게 대꾸하려다 말을 삼킨다. 꼭 그렇지만도 않다는 걸 나도 안다.

지하실에 틀어박힌 것도 어릴 때와 마찬가지로 '실험'이었던 걸까. '자신이 사라진 뒤에 생긴 공백'을 파악하기 위해?

아니다, 나는 크게 착각하고 있는 건지도 모르겠다.

불현듯 너무 비정상적인, 하지만 묘하게 설득력 있는 가설이 머릿속에 떠오른다.

K가 벌인 이 일이 실험이 아니라 본무대였다면?

나는 쭈뼛쭈뼛 입을 연다.

"저기, 하나만 물어봐도 될까?"

"말해."

"당신은 이미 죽은 게 아닐까?" 나는 과감히 물었다. "그리고 당신을 죽인 건 나고."

왜 이제껏 못 알아챘을까. 저승세계로 내려간 오르페우스에게 자신을 몇 번이나 이입했으면서. 지하는 진짜 저승이었다. 그리고 계속 내 몸에 남아 있던 이유를 알 수 없는 살의와 가슴을 짓누르는 죄의식. 내가 죽인 건 아내였던가. 그렇게 생각하자 모든 이치가 맞는다.

"재미있는 가설이네." K가 침착하게 대답한다. "그럼 지금 자동차를 운전하는 건 누구지?"

"당신은 기타를 치면서 나를 안았어. 무슨 일이 일어나도 이상할 게 없어."

"아쉽게도 여기는 이제 그 지하실이 아냐. 그 장소로는 돌아갈 수 없어."

"그렇지만," 나는 물고 늘어진다. "기억이 남아 있어. 누군가를 죽인 감촉과 피냄새가."

"언제, 어디서?"

그건…… 기억나지 않는다. 나는 잃었던 기억을 되찾은 게 아니었나. 아직 어둠 속에 남아 있는 과거가 대체 얼마나 되는 건가. 내 기억은 회복할 수 없는 곳까지 좀이 슨 건가. 좌석이 천천히 녹기 시작하고 몸이 땅속으로 꺼진다.

아니, 아직 구원의 기회는 있다. K. 기억하는 여자. 당신은 모든 것을 기억하고 있을 테다. 알고 있을 테다. 우리의 과거라는 해답을. 그렇지?

그러나 K는 슬픈 듯 고개를 젓는다. 그 낌새를 나는 감지한다.

"과거는 어디에도 존재하지 않고, 무한히 갈라져 존재한다고도 할 수 있어. 미래가 그런 것과 마찬가지로 말이야." 사전에 적힌 정의를 낭독하는 듯한 말투로 K는 말했다. "그러니까 우리는 과거를 공유하는 건 물론 소유하는 것조차 불가능해. 각자의 뇌속에서 불확실한 기억이 태어났다가 사라질 뿐. 당신이 나를 죽인 것과 내가 살아 있는 게 꼭 모순되는 건 아냐. 둘 다 실제로 일어났던 일일지도. 각자의 과거에서."

괴이한 논리지만 K의 입에서 나오니 완벽히 합리적으로 들린다. 소멸하는 과거. 무한히 갈라지는 과거. 언젠가 보았던 무수한 빗줄기가 문득 마음 깊은 곳을 스친다. 다만 그 논리를 인정한다면……

"왠지 알 것 같아. 하지만 당신이 말한 대로라면 우리가 함께 지낸 오 년은 없었던 게 돼버려."

"그래도 상관없잖아. 없었던들, 있었던들. 무의미했든, 유의미 했든. 그건 전부 우리가 지금 결정하면 되는 거잖아?"

지금 결정하면 된다. 그 말이 엄청 거대한 가위처럼 나를 휘감고 있던 과거와 미래를 가차없이 싹둑 잘라낸다. 좌석도 자동차도 지면도 사라지고, 세상으로부터 해방된 나는 시커먼 허공을 떠다닌다. 몹시 불안하다. 동시에 알 수 없는 후련함이 가득찬다.

이것이 추리소설이라면 결코 받아들일 수 없는 결말이리라. 그러나 이건 소설 같은 게 아니라 나 자신의 인생이다. 나는 주인공인 동시에 화자이며 독자이기도 하다. 결정은 지금, 나 자신이 내린다.

모든 것을 합리적으로 설명할 수 없는 건 아니다. 하지만 완벽히 구성된 현실보다, 나를 움직이게 한 피비린내나는 이유 모를 감정과 지하실을 가득 채웠던 불가사의한 음악이 내게는 훨씬 더 생생하다.

결국 중요한 건 하나도 모른다. 우리의 결혼은 무엇이었을까. 서로 무엇을 바라고, 무엇을 손에 넣고, 무엇을 잃었나. 그런 건 누구도 알 수 없는 것일지도. 오르페우스와 이자나기도 그럴 것이다. 세상에는 정답 없는 질문이 가득하다. 그런데도 답을 찾아야만 하는 질문이.

그렇게 생각하자 마음이 편안해졌다. 지난 몇 개월의 모험은 무의미하지 않았다. 앞으로 마주할 미래가 설령 해피엔딩이 아니더라도. 후회하지 않는다고 단언할 순 없지만, 뭐 어쩔 수 없지, 정도로는 생각할 수 있다. 안도해선지 갑자기 졸음이 쏟아지기 시작했을 때 K가 다시 입을 열었다.

"그래서 답은 찾았어?"

"아니." 나는 힘없이 고개를 젓는다. 졸려서다. "그런데 이제 됐어."

"내 개인적인 의견을 말해도 될까?"

"물론이지."

"안심해. 당신은 나를 죽이는 짓 따윈 못해. 그러기엔 너무 다정하니까."

너무 다정하다. 언제였더라, 똑같은 말을 들었던 것 같다. 칭찬인지 아닌지는 잘 모르겠지만.

그 말에 대해 멍하니 생각하는데 K가 불쑥 속삭였다.

"고마워."

"뭐가?"

"아까 연주, 소리 좋았어."

"당신의 스파르타식 레슨 덕분이지. 몇 번이나 죽는 줄 알았어."

"그래도 나쁘진 않았지?"

나는 쓴웃음을 지었다.

"그럭저럭. 당신한테 사디스트 기질이 있다니 의외의 발견이었어."

"피차일반이야."

"그렇게 필사적으로 플루트를 연습한 건 정말 오랜만이었어."

"플루트도 좋았지만, 기타는 더 좋았어."

"기타를 친 건 당신이잖아."

"그 기타를 마지막으로 연주한 건 당신이야."

"응?" 나는 이해하는 데 조금 시간이 걸린다. "아, 그거 말이구나? 미안. 부술 생각은 없었는데."

"사과 안 해도 돼. 그렇게 하길 잘한 거야. 그 마지막 소리가 내가 기억하는 모든 소리 중에 가장 아름다웠어. 백조의 노래처럼."

고마워. 다시 한번 K가 말했다. 나는 지금껏 이만큼 다정한 K의 목소리를 들어본 적이 없다. 이만큼 잔혹한 목소리도.

복잡하게 서로를 휘감고 있던 뭔가가 풀어져 사라졌다. 그렇게 느낀 순간 나는 깊은 잠에 빠져들었다.

37

눈을 떴을 때 차는 멈춰 있었다. 얼마나 잔 거지? 중간부터 바깥 소음이 안 들리고 계속해서 언덕길과 에움길을 달렸던 건 기억한다. 산길을 지난 거겠지. 히노를 산속에 버리는 건가.

"도착했어?"

대답이 없다. K의 기척 자체가 안 느껴진다. 눈이 가려져 있어도 알 수 있다. 혹시나 해서 운전석 쪽으로 손을 뻗어봤다. 아무도 없었다.

좌석에 아직 온기가 남아 있다. 방금까지 그녀는 여기에 있었다. 어딜 간 거지? 화장실이라도 갔나?

오 분 정도 기다려봤지만 돌아올 기미가 없다.

나는 차 밖으로 나왔다. 축축한 풀이 밟히는 소리가 나고 흙냄새가 콧속을 가득 채운다. 바람이 풀을 흔드는 소리. 아마 넓은 들판에 있는 모양이다. 밤 벌레도 울고 있다. 바람이 의외로 차다. 해발고도가 높은 곳인가.

K.

이름을 불러본다. 주위에 아무것도 없어선지 소리가 잘 울리지 않는다. 마음이 불안하다.

어디선가 물소리가 들려온다. 강이 있나?

나는 빨려들어가듯 그쪽을 향해 간다.

물가에 선다. 소리를 들어보니 작은 물줄기다. 왠지 그리운 소리. 아주 오래전 똑같은 소리를 들은 적이 있는 것만 같다.

K!

한번 더 부른다. 대답은 없다. 그녀가 가까이에 없는 모양이다.

그럼 이제 괜찮겠지. 안대를 벗었지만 시야가 어둡기는 매한가지다. 흐려선지 별도 달도 없는 듯하다.

그래도 여기가 어딘지는 짐작이 갔다.

결혼하기 얼마 전에 딱 한 번 왔던 반딧불이가 사는 늪이다. 반딧불이의 빛, 창가에 쌓인 눈. K가 착각해서 한겨울에 반딧불이를 보러 왔었다. 수확 없는 기묘한 짧은 여행. 아니, 그렇지 않다. 반딧불이는 없었지만 그날 밤 우리는 뭔가 다른 빛을 보았다.

여름인데도 역시 반딧불이는 안 보인다. 아님 또 반딧불이 철이 아닌 건가. 참 우리는 늘 타이밍이 좋지 않다.

한곳을 응시하고 있으니 희미하게 냇물에 반사된 빛이 보인다.

보일 듯 말 듯한 빛을 바라보고 있는데 문득 K가 두 번 다시 돌아오지 않으리라는 생각이 들었다.

갑자기 피로가 몰려왔다. 이곳에 오기 한참 전부터 이미 힘은 다 소진된 상태였다. 나를 간신히 여기까지 걷게 한 뭔가도 지금은 사라지고 없었다. 풀밭에 널브러져 눕는다. 밤이슬에 젖은 풀이 순식간에 등과 엉덩이를 차갑게 적신다. 기분좋은 졸음이 다시 몸을 감싸기 시작한다.

그때 멀리서 반짝거리는 게 보였다.

빨갛게 빛나는 화성처럼 작은 빛. 허공에 아주 낮게 떠서 가만히 머무르며 때로 읊조리듯 깜빡인다.

반딧불이인가? 아니, 저렇게 빨간 반딧불이가 어디 있겠어.

K인가? 그녀가 마지막으로 반딧불이로 변신해 작별을 고하러 온 건가.

나는 다시 일어서서 기다시피 빛을 향해 걸어나간다.

다시 한번 그녀를 만날 수 있다면 더는 아무것도 볼 필요가 없다. 내 눈은 제 역할을 끝내리라. 바늘이 지금도 주머니에 들어 있다.

빛이 다가온다. 내 생각에 호응이라도 하듯 깜빡이면서.

사라졌다.

어디지? 어디로 간 거야?

당황스러워하는데 조그만 파란 불꽃이 번쩍 나타났다.

히노가 담배를 물고 우두커니 서 있다.

"아, 미카와 씨." 히노는 담배를 문 채 말했다. "이야, 아까는 죽는 줄 알았어요. 갑자기 얻어맞을 거라고는 생각도 못해서 깜짝 놀랐네요. 아이 아파라. 피가 꽤 나는데 괜찮을까요? 이거야

말로 진짜 자업자득이라는 거겠죠? 죄송했어요."

라이터가 꺼지고 대신에 담뱃불이 반짝인다.

팽팽히 긴장했던 마음이 누그러지고 나는 손에 들고 있던 바늘을 근방에 던져버렸다.

이런 하찮은 게 내 눈이 보는 최후의 광경일 순 없다.

나는 분명 아직 봐야 할 것이 있다. 그걸 찾기 위해 계속 걸어야 한다.

등뒤에서 푸른 달빛에 비친 K의 예전 미소가 느껴진다. 아주 선명히 체온을 느낄 수 있을 만큼 가까이서. 하지만 그 미소는 내가 뒤돌아보는 순간 사라져버릴 것이다.

"그런데 여기가 어디예요? 좀 추운데요."

나는 히노의 목소리를 뒤로하고 천천히 걷기 시작한다. 미카와 씨, 하고 부르는 소리가 멀어지더니 마침내 사라진다. 두꺼운 문이 등뒤에서 닫힌 것처럼.

달이 뜨면 좋겠는데. 나는 생각하면서 언제까지나 앞만 보고 어둠 속을 걸어갔다.

히노의 　우아한 　하루

1

히노의 아침은 늦다. 오늘 아침 눈을 떴을 때는 오전 9시였다. 아주 거대한 둔기로 머리를 후려 맞는 끔찍한 꿈을 꾼 게 기억난다. 아니, 꿈이 아니었는지도 모른다. 아직도 머리가 지끈지끈 아프다. 아무래도 예삿일이 아니다. 오늘은 쉬겠다고 상사에게 연락할까. 여기까지 생각하다 두통의 원인이 질병도 부상도 아님을 깨닫는다. 어제 미팅에서 과음한 탓이다.

노래방에서 2차를 한 뒤, 연극배우라는 여자와 둘이서 술을 마시러 바에 갔다. 심리적으로 약간 문제가 있어 보이지만 소름 돋을 만큼 미인이었다. 거기까지는 좋았으나 그후 연극배우에게 엄청난 주사가 있음이 판명됐다. 그녀는 취할수록 깔깔 웃으며 무시무시한 과거의 트라우마와 세상을 향한 저주를 끝없이 늘어놓았다. 얼떨결에 도망가려 했더니 이번에는 함께 위스키를 스트레이트로 원샷하지 않으면 죽겠다는 등 울며 소리치기 시작했다. 화장실에서 두 번 토한 건 기억나는데 마지막에 어떻게 가게를 몰래 빠져나와 집까지 왔는지는 잘 기억이 나지 않는다.

히노는 느릿느릿 침대에서 일어나 커피를 내렸다. 물이 끓는 동안 수동 그라인더로 원두를 간다. 숙취가 있는 오늘은 향이 풍부한 모카 마타리*를 골랐다. 아무리 지독한 일이 벌어졌더라도 아침은 최상의 블랙커피로 시작해야 한다는 게 히노의 신조다. 가령 오늘이 평일이고 근무지인 N시청으로 출근할 시간이 한참 지났더라도. 발버둥쳐도 지각은 지각이니 이제 와 조바심 내봐야 별수없다.

히노가 지각하는 건 늘 있는 일이다. 그 점을 제대로 나무라는 사람은 없다. 어차피 출근해서도 일은 제대로 안 하고 오히려 쓸데없는 얘기만 이상하게 잘해서 직장의 사기와 생산성을 떨어뜨리기 때문이다.

소속 부서인 시민과에서는 아무짝에도 쓸모없는 이 태평한 직

---

* 예멘 베니마타르 지역에서 생산하는 최고급 품종의 커피.

원을 다루기 힘들어 궁여지책으로 N시 역사자료관의 관장을 맡기기로 했다. 직함은 그럴싸하지만 N시는 역사적 사건과 인연이 없는 평범한 고장이라 전시품이라고 갖춘 건 볼품없고, 방문객이 하루에 몇 명이라도 있으면 다행이다. 요컨대 전형적인 한직이다. 역사자료관에는 N시청에서 퇴임하고 촉탁사원으로 일하는 오타니가 관리자로 상주하고 있어 실질적인 업무는 대부분 그가 처리한다. 히노 없이도 잘 돌아가는 직장이란 소리다.

히노는 직책상 시청 본청이나 역사자료관 가운데 한 곳으로 출근하게 되어 있는데, 이 시스템 덕분에 히노의 소재를 아무도 모르게 됐다. 본청에 있는 화이트보드의 '히노' 란에는 '종일, 자료관', 역사자료관의 화이트보드에는 '종일, 본청'이라고 적혀 있다. 히노는 대개 늦은 시간이 되어서야 직장에 나타나는데, 그때마다 "아니 아침부터 저쪽에서 작업을 좀 하느라"라고 변명한다.

오늘은 어디로 가볼까. 곱게 갈린 커피의 향을 우아하게 음미하며 히노는 생각했다. 창밖은 구름 한 점 없이 쾌청하고, 스마트폰으로 본 뉴스에 따르면 오늘은 7월치고 비교적 선선한 하루가 될 터다. 역사자료관으로 가야겠다, 히노는 결정했다. 시청까지는 걸어서 십 분쯤 걸리지만 역사자료관까지는 자전거로 이십 분 정도다. 숙취도 깰 겸 바람을 맞으며 자전거를 타는 것도 나쁘지 않겠다 싶어서였다.

2

휘파람을 불면서 어슬렁어슬렁 자전거 페달을 밟는다.

처음 몇 분 동안은 스쳐가는 풍경이 '약간 멋스러운 신흥 주택가'라는 인상을 줄 만큼 꽤 화사했는데, 금세 기와지붕을 얹은 단독주택과 낡은 목조 빌라 등이 죽 늘어선 지역으로 들어섰다. 심지어 조금 더 가자 띄엄띄엄 논밭이 섞인 '근대 일본의 옛 모습'이 펼쳐진다. 지나는 사람은 거의 없고 이따금 학교를 빼먹은 것으로 보이는 스쿠터를 탄 갈색 머리 중고등학생이 스쳐지나간다. N시에 비행청소년이 많다는 얘기는 자주 들은 터다.

N시 인구는 약 25만 명. 도쿄 도심과 Y시 양쪽에서 삼십 분 내지 한 시간 권내에 있는 베드타운이다. '나름대로' 접근성이 좋고 도심에 비하면 땅값이 상당히 저렴해서 인구가 매년 증가하는 추세다. 특히 최근 몇 년 사이에 이뤄진 역전 재개발로 사유철도와 연계된 대형 상업시설과 고층 맨션이 줄줄이 들어선 이후로는 젊은 부부가 주를 이루는 주민들이 급속도로 유입됐다.

하지만 그런 뉴스를 대하는 고참 주민들의 반응은 의외로 냉담했다. 오래전부터 있던 목조 주택은 고층 맨션 때문에 볕이 잘 안 들게 됐고, 사람이 너무 많아진 탓에 휴일에 느긋하게 앉아 차를 마실 만한 장소도 없다. 특히 심각한 문제는 새 보육시설

개발에 전혀 진전이 없다는 것인데, 보육시설 입소 대기 아동 수가 많기로는 현 내에서도 1, 2위를 다툰다.

"왜 굳이 N시 같은 데로 오는 거야. 이런 동네에 뭐가 있다고."

N시에서 자란 사람 대다수는 자조적인 투로 그렇게 말한다. 물론 '뭐가 있다고'는 약간 과장된 표현이다. 생활에 필요한 건 대부분 시내에서 해결할 수 있고 선술집, 파친코 게임장, 노래방, 카바레클럽, 유흥업소 같은 오락시설은 인구 대비 과하게 많다 (예전부터 영업해온 이 점포들이 '청결하고 새로운 역전'을 지향하는 도시개발의 흐름 속에서 서서히 쫓겨나는 중이지만).

다만 N시가 K현에서도 유독 존재감 없는 동네 중 하나인 건 사실이라 관동 지방에 살지 않는 사람들은 대개 N시의 이름조차 모르고, K현 사람이라도 N시가 어디 있는지 정확히 대답할 수 있는 이는 극히 적다. 즉 브랜드파워가 약하다. 물론 시청도 그런 문제를 자각해서 시의 인지도를 높이기 위해 여러 시도를 하고 있지만 죄다 겉도는 게 현실이다.

이를테면 지역 마스코트인 '아메바 군'이 그렇다. N시 북단에 '이코이 숲'이라는 도쿄 돔만한 공원이 있는데, 그 중심에 '명경明鏡못'이라는 커다란 연못이 있다. 그런데 연못이 이름과 달리 일 년 내내 걸쭉한 녹색으로 혼탁하고, 특히 여름에는 견디기 힘든 악취를 풍겨 시민들이 그곳을 '아메바 연못'이라 부르며 몹시 꺼려한다. 이 아메바 연못의 정령이라는 설정으로 등장한 것이 아메바 군이다. '아이치 세계박람회'의 마스코트인 '모리조'처럼 동글동글하고 커다란 봉제인형의 표면에 '아메바'라 칭하는 끈적끈적한 녹색 장난감을 붙이는 파격적인 디자인을 채용했다. 그 전위적이고 충격적인 외형이 일부 지역 마스코트 마니아들에게 "이것은 예술이다!"라며 절찬을 받았으나 다수의 시민들에게는 "아이가 보고 운다" "동네 이미지가 더러워진다" "이미지뿐만 아니라 마스코트가 지나가면 우수수 떨어지는 아메바 때문에 동네가 실제로 더러워진다" 등 심한 비난과 공격을 받아 공식 무대에서 자취를 감췄다.

그 밖에도 지역 맥주 붐에 발맞춰 N맥주를 만들고(즉흥적 착상으로 N시의 특산품인 돼지고기의 분말을 넣은 가향 맥주였는데 "의미를 모르겠다" "맛없다" "마시기에 죄책감이 든다" 등 항의가 빗발쳐 생산이 중단됐다), 아이돌 붐에 편승해 '쇼난*N-KOMACHI'라는 삼인조 테크노 아이돌 그룹을 결성하는(N시는 바다와 가깝지도 않고 누구도 '쇼난' 지역이라고 인식하지 않는다. 따라서 실제 그 지역 주민은 물론 시청의 비굴한 전략에 분개한 N시 주민들에게도 비판받았고, 누가 봐도 비행청소년 출신인

---

* 일본 관동 지방 남서부 가나가와현에 속한 해안 지역.

멤버 세 명이 연달아 임신하고 결혼하는 바람에 일 년 만에 자연 해체됐다) 등 직원들이 수면 시간을 줄여 쥐어짜낸 아이디어는 지금으로선 보기에도 끔찍한 연패 행진중이다.

그런 N시가 다음 수단으로 내놓으려는 것이 역사녀 붐에 편승한 '역사 밀기'다. N시에는 야요이시대부터 사람이 살았던 흔적이 있으니 나름의 역사를 지녔다고 할 수 있다. 그러나 기본적으로는 그후 오랫동안 평범한 농촌이었기 때문에 중요한 사건이 없고, 근대 이후에도 거물급 군인이나 정치가, 문화인을 배출하지 못했다(지역에서 활동하는 가수나 작가가 몇 명 있지만 인지도가 거의 제로다).

유일하게 조금이나마 역사를 느낄 수 있는 아사가와성이라는 작은 성터가 있는데, 아즈치모모야마시대에 호조 가문의 지배하에 있던 소영주 야마시타 모부토모가 이 지역을 거점으로 삼았다는 기록이 남아 있다.

다만 모부토모가 장수로서는 평범한 인물이었던지 전투에서 화려하게 이름을 날린 흔적은 없다. 도요토미 히데요시가 관동 지방을 공략했을 때 오다와라성과 마찬가지로 대군에 포위되었는데, 모부토모는 저항하지 않고 호조 가문 지배하의 약소 장수 중에서 제일 먼저 성문을 열고 건너가 투항했다. 하지만 목숨을 보장해주겠다는 약속이 무효화되면서 단칼에 할복하는 쓰라린 결말을 맞았다고 한다. 가령 사이타마의 오시성 같은 곳은 똑같은 약소 지역이지만 오다와라성이 함락된 뒤에도 항전을 계속했다고 알려져 훗날 베스트셀러 소설이나 영화의 소재가 되기도 했는데, 그것과는 사뭇 다르다.

그런데 이 접쟁이 이야기가 지금에야말로 오히려 참신하지 않을지 제안한 사람이 있었으니, 바로 온건파로 알려진 N시장이다. 그는 야마시타 모부토모를 '자신의 목숨과 바꿔 무용한 싸움을 피하고 부하와 백성의 삶을 지킨 평화주의적 영웅' '아사가와성의 무혈 개성을 실현한 N시의 가쓰 가이슈*'로서 재평가하는 프로젝트를 이 년 전에 시작했다. "모부토모를 2025년 대하드라마의 주인공으로!"라는 슬로건을 걸고 역사에 조금이라도 해박하다 싶은 직원들을 모아 자료 수집과 홍보용 책자 제작 등을 진행하고, 지난달에는 마침내 염원하던 '야마시타 모부토모의 등신대 인형'과 '야마시타 모부토모가 애용한 갑옷(모조품)'을 역사자료관에 전시했다.

역사자료관에 새로운 전시물이 등장한 건 약 이십 년 만의 획기적인 사건이었으나 방문객 수는 별다른 변화가 없다. "혹시 일

---

* 일본 에도시대 말기부터 메이지시대 초기에 걸쳐 활약한 관료. 무력 충돌 없이 천황파가 에도에 입성하는 데 공을 세웠다.

본 전역에서 호기심 많은 역사 팬들이 몰려오는 게 아닐까" 하고
내심 걱정했던 히노도 지금은 마음을 푹 놓고, 오늘도 텅텅 비었
을 게 분명한 자료관을 향해 유유히 자전거 페달을 밟고 있다.

3

그즈음 히노의 예상대로 관람객이 한 명도 없는 역사자료관
에서는 실질적 관리자인 오타니 노인이 콧노래를 흥얼거리며 먼
지떨이로 야마시타 모부토모의 등신대 인형에 붙은 먼지를 떨고
있었다.

N시에서 나고 자란 지 칠십 년 남짓 된 오타니는 이 고장에 누
구보다 강한 애정과 긍지를 품고 있으며, 향토의 영웅 야마시타
모부토모가 주목받는 일이 몹시 즐거워 날마다 바지런히 청소 작
업에 힘쓰고 있다. 그러는 동안 사무실을 비워야 하지만 사무직
아르바이트생인 야마모토가 있으니 걱정할 필요는 없다.

이윽고 자동문(이지만 고장나서 수동으로 열어야 하는)이 덜
거덕거리며 열리고 습기를 머금은 바람과 요란한 매미 울음소리
가 흘러들어왔다.

"어서 오세요."

오타니가 활기차게 인사하지만, 스윽 들어온 사람은 히노다. 도둑도 아닌데 스윽 들어왔다고 표현하는 건 좀 그렇지만, 히노가 안으로 들어올 때 많은 사람이 공통으로 느끼는 인상이다. 문 여는 방식과 걸음걸이 탓일지도 모르겠다. 히노는 언제나 문을 최소한만 연다. 그리고 영화에 자주 등장하는, 문 밑 틈새로 밀어넣는 편지처럼 스윽 하고 침입한다. 마른 체형에다 늘 검은색 계열 옷을 입어선지 입구를 통과할 때면 납작한 몸처럼 보인다. 그리고 이쪽 세계로 들어오면 다시 두께가 있는 산 인간으로 돌아와 이번에는 끈적하게 다가온다.

"뭐야, 히노인가. 오늘도 늦었네."

오타니는 먼지를 떨던 손을 멈추고 예리한 눈빛으로 히노를 보았다. 일흔이 넘었지만 풍성한 은빛 머리칼을 정확히 7대 3으로 가르고 귀갑테 안경을 걸친 이 촉탁사원은 지금도 꽤 세련되고 근엄한 분위기가 있다.

"그게 아니라," 히노는 머리를 긁적이며 태연하게 대답한다. "잠깐 본청에서 사무 일을 보고 오느라고요."

"여전히 거짓말만 하는군." 오타니는 다시 야마시타 모부토모의 등신대로 돌아서서 세심히 먼지를 떨기 시작한다. "아까 본청에서 전화 왔었어. 히노가 아직 출근을 안 했는데 혹시 그쪽에 갔냐면서."

"헉. 진짜요?" 이마를 탁 치며 히노는 호들갑스럽게 탄식한다. "아차차, 큰일나버렸군. 오늘의 실수는 죽을 때까지 히노 가문의 수치. 과연 어떻게 변명하면 좋단 말인가."

"뻥이야." 오타니가 무심코 웃음을 터트리며 히노를 돌아본다. "본청에서 자네한테 무슨 볼일이 있겠어. 어차피 과음 때문이지?"

"어떻게 아세요?"

"무슨 소리야. 늘 있는 일이잖아."

"에헤헤. 오타니 씨한테는 못 당한다니까."

"하여간 못 말리는 녀석이야……"

히노는 등을 구부리고 폴짝거리며 사무실로 향한다. 오타니는 현역 시절 상당히 엄격한 부장으로 두려움의 대상이었고 지금도 많은 직원이 그에게는 큰소리를 내지 못하는데, 어찌 된 영문인지 그가 히노만은 너그럽게 봐주는 면이 있었다.

"언제 오려나." 히노가 사무실에 들어가자마자 오타니가 벽시계를 보며 혼잣말을 했다. "분명 오전 10시에 도착한다고 들었는데. 아니, 12시를 잘못 들었나?"

노익장을 자랑하는 오타니는 호리호리하게 키만 큰 히노보다 훨씬 몸이 튼튼하지만 역시 최근에는 귀가 점점 안 들린다는 사실을 자각하고 있다. 그는 고개를 갸웃거렸다.

4

"안녕하세요."

스윽 들어오는 히노를 곁눈질로 힐끗 보며 사무직 아르바이트생 야마모토는 노골적으로 눈살을 찌푸렸다.

체구가 작고 동안에 무테 안경을 쓴 야마모토는 '애니메이션이나 라이트노벨에는 등장하지 않는 실제 학급회장' 같은 용모로, 우등생이라면 당연하다는 듯 히노에게 쌀쌀맞다. 아무렇지 않게 지각하는 게 불쾌하고, 시민의 세금으로 월급을 받는 주제에 제대로 일도 안 하는 것이 괘씸하다. 하지만 제일 싫은 건 히노 특유의 느물느물한 행동이다. 문틈으로 스윽 들어오는 모습을 보면 자기 방에 바퀴벌레가 나타났을 때처럼 소름이 돋는다.

"오늘도 별일 없나요, 야마모토 씨."

히노의 존재를 무시하려고 모니터를 쳐다보고 있는데 그가 옆에서 불쑥 얼굴을 들이밀고 말을 걸어온다. 그가 훨씬 연상인데도 어째선지 늘 야마모토에게 존댓말이다.

"네."

야마모토는 무테 안경을 오른손으로 가볍게 고쳐 쓰고 모니터에서 눈을 떼지 않은 채 대답한다.

"어때요, 일에는 이제 좀 적응됐나요?"

"네."

아마모토는 여기서 일한 지 반년이 되어간다. 일은 당신보다 훨씬 잘하고 있거든요, 그녀는 대꾸하고 싶은 걸 꾹 참으며 일 부러 더 요란하게 키보드를 두드린다. 떼 지어 모여 있는 적군을 기관총으로 물리치기라도 하는 것처럼. 그러나 그게 역효과였던 모양이다.

"아마모토 씨가 키보드를 두드리는 소리는 정말 관능적이네 요. 뭐랄까, 온몸에 바람구멍이 뚫리고 선혈이 뿜어져나오는 느 낌이 든달까. 왜, 과거에 물로 하던 곡예* 같은. 새빨간 선혈을 뿜는 물 곡예라. 장관이겠는데." 히노는 즐겁다는 듯 어딘가 으 스스한 얘기를 한다. "그게 블라인드 터치라는 건가요. 아마모 토 씨 같은 달인이 되면 눈을 가리고도 정확히 자판을 칠 수 있 겠죠? 어때요, 한번 시도해보지 않을래요? 안경을 벗어도 타이 핑할 수 있는지. 한 번이라도 좋으니 아마모토 씨가 안경을 벗은 모습을 보고 싶었거든요. 괜찮으면 도와드릴까요?"

"됐습니다." 가능한 한 냉랭한 목소리와 표정으로 아마모 토 가 말했다. "일에 방해되니 쓸데없는 얘기는 이제 그만하시 죠?"

---

* 음악에 맞춰 손끝, 부채, 칼 등으로 물을 뿜으며 하는 곡예.

"네네, 알겠습니다. 냉정하시긴." 히노는 물러나는가 싶더니 "그런데 아마모토 씨, 다음에 저랑 야반도주라도 할래요?" 한다.

무슨 소리를 하는 건지. 아마모토는 머리가 어질어질하지만 꾹 참고 뒤돌아보며 인내심을 가지고 경고한다.

"쓸데없는 얘기는 그만해달라고 말했을 텐데요?"

"쓸데없는 얘기가 아니니까 계속하는 거예요." 갑자기 정색을 한 탓인지 히노가 더욱 나부죽해 보이는 얼굴을 가까이 들이댄다. "어때요, 다음에 어딘가로 도망쳐버리자고요. 요즘 날이 더우니 홋카이도 어때요? 북유럽도 근사하지만."

때리자. 이럴 땐 주먹이지. 그러나 아마모토가 마우스에서 오른손을 뗀 순간, 히노는 재빠르게 몸을 피해 자신의 책상에 앉더니 주간지를 펼치고 말했다.

"아하하. 사랑을 얘기하기엔 아직 해가 높이 떠 있나. 실례했습니다. 나중에 다시 할게요."

아아, 정말 너무 싫다.

등에 붙은 마물을 떨어내기라도 하듯 아마모토는 키보드를 두드리기 시작한다.

5

정오가 되기 전에 오타니가 사무실로 돌아왔다. 오늘은 어지간히 청소에 공을 들이셨네. 히노가 멍하니 감탄하는데 오타니가 말했다.

"히노 씨, 저 잠깐 나갔다 올게요." 평소와 달리 정중하게 알린다.

"점심 드시려고요? 그럼요, 다녀오세요. 굳이 저한테 양해를 구하실 필요 없어요."

"그게 아니라, 아까 전화가 왔는데 우리집 할멈이 정원을 손질하다 허리를 삐끗한 모양이야." 오타니가 고개를 갸웃거리며 말했다. "별일은 아니겠지만 혹시 모르니 병원에 데려가볼까 하고. 조금 늦을지도 모르겠어. 그래도 오후 4시까지는 꼭 돌아올 테니까."

"그러세요? 거참 걱정이네요." 히노도 이럴 때는 온순한 표정을 짓는다. "뒷일은 걱정 마시고 천천히 일보고 오세요."

"그럴 수야 없지. 그리고 야마모토 씨, 아마 12시쯤 지나서 택배가 하나 올 텐데 받아주겠어? 중요한 거니까 조심히 다루고, 그대로 사무실에 놔두면 돼."

"알겠습니다."

아마모토가 안경을 만지며 대답하자 오타니는 만족스러운 듯 고개를 끄덕이고 나갔다.

"무슨 택배일까요?" 히노가 묻는다.

"모르겠습니다." 아마모토는 냉담하게 대답한다.

"벌써 점심시간이네요. 같이 식사라도 할래요?"

"안 돼요. 택배도 올 테고, 한 사람은 남아서 전화를 받아야죠."

아마모토는 딱 잘라 거절하고 가방에서 도시락을 꺼냈다.

"와, 수제 도시락이에요? 내 것은…… 있을 리 없지. 이거 또 실례했습니다!"

장난스러운 말투로 불쑥 외치더니 무슨 민요 같은 노래를 흥얼거리며 나가는 히노를 아마모토는 의아한 눈빛으로 바라본다. 그녀는 〈스다라부시〉*를 모르기 때문이다.

6

히노는 근처 메밀국숫집에서 튀김을 올린 메밀국수를 먹어치우고 오후 1시가 지나서 자료관으로 돌아온다. 아마모토는 도시

---

* 1960년대 일본에서 폭발적 인기를 얻은 가요.

락을 다 먹고 탕비실에서 물을 끓여 우린 홍차를 마시며 책을 읽고 있었다. 야마모토는 결코 게으름을 피우는 사람이 아니지만 자료관의 사무 작업이 많지 않다. 오전에 집중해서 업무를 처리하면 오후에는 전화받는 것 말고 할일이 없다.

잘됐다, 오늘 오타니 씨도 없으니 꼬시기 좋은 기회군. 히노가 사악한 표정을 짓고 입술을 핥았다. 그때 밖에서 쿵쿵 뭔가를 두드리는 소리가 난다. 무슨 일이지?

히노가 사무실에서 나와 전시 공간으로 갔더니 자동문 앞에 여자아이가 서 있는 게 보인다. 청바지에 티셔츠. 초등학교 5, 6학년쯤 됐을까. 키가 크고 어른스러워 보이는 쇼트커트를 해선지 빨간색 책가방이 유달리 작아 보인다.

히노는 혀를 차며 문을 열어주었다.

"꼬마 아가씨, 그렇게 세게 문을 두드리면 안 돼. 고장났거든."

"아, 그래요." 소녀는 기분이 언짢은 듯 밉살스레 말한다. "고칠 돈 없어요?"

"친환경적인 거야. 우리 자료관은 불필요한 전기를 안 쓴다는 방침이 있으니까. 근데 무슨 일로 왔어?"

"당연히 견학하러 왔죠. 그보다 아저씨, 공무원이에요? 그렇게 안 보이는데."

매우 의심스럽다는 눈으로 히노를 올려다본다.

"틀렸어. 꼬마 아가씨, 너는 지금 중대한 오해를 하고 있어."

"역시 공무원 아니구나."

"아니, 공무원 맞아. 문제는 그게 아니라, 나는 아저씨가 아니라 오빠라고. 너도 말이 잘못 나온 거지?"

"저기요, 진짜로 아저씨가 공무원이에요?"

"아니 나는 아직 서른이 안 됐으니까 아저씨가 아니라……"

열린 문을 사이에 둔 채 하나 마나 한 입씨름을 하는데 아마모토가 나왔다.

"히노 씨, 뭐하시는 겁니까. 어머나 우리 어린이, 자료관 견학?"

소녀가 고개를 끄덕인다. "언니, 이 아저씨 정말 공무원이에요? 엄청 수상한데요."

아마모토는 빙긋 미소 지으며 소녀를 안으로 들이고 문을 닫았다. "그렇단다, 유감스럽게도. 딱히 무서운 아저씨는 아니니까 참아."

"아저씨……" 아마모토까지. 마음의 상처를 받아 멍해진 히노에게 아마모토가 태연하게 지시한다.

"그럼 이 어린이 안내 좀 해주세요."

"응? 내가? 아마모토 씨가 나설 차례잖아요, 이건."

"제 업무는 사무와 전화 받기입니다. 계약 외의 일은 할 수 없

228

어요. 오타니 씨 대역은 히노 씨의 임무죠."

그녀는 단호하게 말하고 사무실로 사라져버렸다.

"난감하네."

히노는 마지못해 소녀를 안내하기로 했다. 하지만 역사자료관의 전시 내용도, N시의 역사도 모른다. 소녀도 역사에 별로 관심 있어 보이진 않는다. 둘은 말없이 야요이시대에 있었다는 원시 주거지의 모형과 메이지시대의 농기구 등 어딘가 신통치 않은 전시물을 바라보며 걷는다.

"그러고 보니 학교는 어떻게 하고 온 거야? 아직 수업시간이 잖아." 문득 생각나 히노가 물었다.

"안 갔어요." 소녀는 태연하게 대답한다. "아침부터 시원한 장소를 찾아서 어슬렁거리고 있어요."

"어느 학교야? 이럴 땐 학교에 보고하게 되어 있거든."

"아저씨도 땡땡이치고 자주 놀잖아요."

"무슨 근거로 그런 무례한 트집을 잡을까." 히노가 잔뜩 위엄을 부리며 선언한다. "오빠만큼 성실한 공무원은 전국을 찾아봐도 없어. 위키피디아에도 그렇게 쓰여 있다고."

"오후 4시부터 술집에서 술 마시는 것도 일이에요?"

"응?" 모처럼 부린 위엄이 급속도로 쪼그라든다. "무슨 근거로……"

"역전 번화가에 있는 '스낵바 이자나미'. 그 가게 주인이 우리 엄마예요."

히노는 따분하다는 듯 전시물을 응시하는 소녀의 옆얼굴을 무심코 쳐다본다. 분명 닮았다. 권태로운 색기가 가득하지만 입이 무척 가벼운 '나미 마담'을. 곤란하다.

"그럼 꼬마 아가씨, 다음엔 무엇을 안내해드릴까요?"

히노의 태도가 돌연 정중해지자 소녀가 만족스럽다는 듯 미소를 짓는다. "저 사람은 누구예요?" 하며 가리키는 쪽을 보니 약식 기모노를 입은 남자의 흑백사진이다. 유리 케이스 안에 원고지 같은 게 들어 있는 걸로 보아 아무래도 작가다. 누구지? 모르겠다. 뭐 상대는 어린애니까. 적당히 둘러댈까.

"저 사람은 다자이 오사무. 「달려라 메로스」 등 만년의 명작을 이 동네에서 썼고, 스승인 가와바타 야스나리와 둘이서 가스 자살로 생을 마감했지."

"그렇구나." 소녀가 관심 없다는 듯 중얼거린다. "그럼 저 사람은요?"

이번에는 아주 새것인 야마시타 모부토모의 등신대 인형을 가리킨다.

"아, 저 사람은 미나모토노 요리토모*야."

히노는 N시가 사활을 건 모부토모 붐에 대해서도 제대로 모른다.

"거짓말. 미나모토노 요리토모 아니에요. 교과서에 실린 얼굴
이랑 전혀 다른데."

가까이 가서 보자 '야마시타 모부토모'라고 이름이 적힌 푯말
이 세워져 있다. 갑옷 모형도 있다. 그러나 그것 말고 다른 설명
이 없어 뭐하는 사람인지 잘 모르겠다.

"어느 시대 사람이에요?"

"헤이안시대 말기부터 가마쿠라시대에 걸쳐 활약한 무장이
지. 이름은 크게 안 알려졌지만 미나모토노 요리토모의 먼 친척
이고, 미나모토노 요시쓰네**와 함께 다이라 가문 토벌에서 활약
한 숨은 조력자야. 성실한 사람이었는데 요시쓰네에게 다이라노
기요모리의 첩자로 의심받아 냉대를 당하고, 다이라 가문이 멸
문한 뒤에는 요리토모에게 요시쓰네와 내통해 반역을 꾀했다는
혐의를 받아 스스로 목숨을 끊도록 종용당했어. 겐페이 전쟁***
에서 진짜 비극의 주인공은 사실 이 남자라고."

---

* 12세기 일본 최초의 무사정권인 가마쿠라 막부를 세운 인물.

** 미나모토노 요리토모의 동생.

*** 1180~85년 일본 중앙의 헤이시 일족(다이라 성을 가진 집안)과 지방의 겐지
일족(미나모토 성을 가진 집안)이 벌인 패권 전쟁. 겐지 일족이 승리해 가마쿠라
막부를 세웠다.

"오오. 불쌍한 사람이구나."

소녀가 이번에는 조금 관심이 생겼는지 한동안 그 자리에 서 있다.

"너는 불쌍한 사람을 좋아하니?"

소녀가 말없이 고개를 끄덕인다. 저런, 그런 식으로 누군가를 '좋아하는' 건 위험해. 언젠가 변변찮은 남자한테 속아넘어간다고. 히노는 속으로 소녀의 미래를 걱정했지만 아직 이르다는 생각에 잠자코 있는다.

"아저씨는 거짓말을 좋아하네요."

"그렇지 않아. 내가 거짓말을 얼마나 싫어하는데."

"그런데 왜 거짓말만 해요?"

"사실만 말하면 다들 질려한단 말이야. 거짓말 중에 가끔 사실이 있으면 왠지 고마운 마음이 들잖아?"

소녀는 무슨 소린지 모르겠다는 듯 고개를 저었다. 이것도 거짓말로 여기겠지, 히노가 그렇게 생각하는데 소녀가 돌연 한층 높아진 목소리로 "아저씨, 저건요?" 하고 소리쳤다. 엄마를 닮은 권태로움이 옅어지고 갑자기 아이가 어려진 느낌이 든다.

"아, 저건 아메바 군이야."

히노는 처음으로 전시물에 관해서 '진실'을 말했다. 사실상 은퇴 위기에 빠진 N시의 지역 마스코트 아메바 군을 본청에 둘 장소가 없다는 핑계로(실제로는 있었지만 직원들이 섬뜩하다고 해서) 이 자료관으로 옮겨온 것이다. 지금은 어둑한 한구석에서 총에 맞아 죽은 몬스터 같은 자세로 벽에 기대어 있다.

"봐도 돼요?" 소녀가 아메바 군에게 달려간다. "아메바 군, 오랜만이야! 이런 데 있었구나!"

"아메바 군을 알아? 거의 나갈 일이 없었는데, 이 녀석."

"이 친구를 정말 좋아해서 출연하는 이벤트는 전부 보러 갔어요." 토토로를 처음 만난 메이처럼 눈을 반짝이며 소녀는 질펀질펀하게 녹아내리는 인형을 바라본다.

"다들 기분 나쁘다고 하지만 나는 그렇게 생각하지 않았어요."

취향 참 특이하네. 히노는 감탄했지만, 사실대로 말하자면 히노도 아메바 군을 상당히 마음에 들어했다. 그뿐인가, 표면에 장난감 아메바를 덕지덕지 붙이면 좋겠다고 장난삼아 디자인 담당자에게 제안한 것도 실은 히노다. 그걸 떠올리자 이 소녀와 아메바 군의 해후가 감동적인 장면처럼 보였다.

"괜찮으면 이거 한번 써볼래?" 히노가 제안했다.

"내가 아메바 군이 되는 거예요?"

"그럼." 신데렐라에게 마법을 거는 마녀가 된 기분으로 히노는 말했다.

7

아메바 군과 한몸이 되는 체험에 매우 흥분한 소녀는 한동안 자료관 안을 천천히 걸으며 히노에게 스마트폰으로 사진을 찍어 달라고 하거나, 갑자기 사무실로 쳐들어가 야마모토를 기겁하게 했다. 그후에는 어쩌다보니 셋이서 한껏 들떠서(평소와 달리 야마모토도 마음을 열고) 같이 기념 촬영을 하고, 즉석에서 아메바 군의 캐릭터를 정해 상황극을 연기하기도 했다. 오타니 노인이 애써서 오전 내내 청소한 전시 공간이 인형탈에서 떨어진 아메바로 온통 지저분해졌지만, 어차피 아무도 안 오니까 괜찮겠지 싶어 히노는 대수롭지 않게 여겼다.

하지만 꼭 이럴 때 갑작스러운 방문객이 찾아오기 마련이다.

"실례합니다."

자동문 앞에 성인 네 명이 서 있다. 그중 한 사람이 대형 카메라를 메고 있어 한눈에 봐도 방송국 관계자임을 알 수 있다. 어쩐지 불길한 예감이 든다.

"죄송합니다, 문이 고장나서요. 어디서 오셨습니까?"

히노가 꾸역꾸역 문을 열면서 묻는다.

"BS의 NTV입니다. 오늘 오후 2시부터 〈역사녀의 숨은 명소 탐방기〉를 촬영하기로 약속이 되어 있습니다만⋯⋯"

"네? 그런 얘기 못 들었는데요" 하고 히노가 말하려 하자 아마모토가 막아섰다.

"아, 담당인 오타니 씨에게 들었습니다. 기다리고 있었습니다."

아마모토가 냉철한 목소리로 말하며 그들을 안으로 들였다.

"그래요? 나는 오타니 씨한테 아무 얘기도 못 들었는데요."

그렇게 묻자 "그야 히노 씨한테 말해봤자 의미 없으니까요" 하고 아마모토는 태연하게 말했다. 조금 전까지 그녀도 같이 놀았으면서.

"오타니 씨는 왜 아직 안 오는 거지." 히노가 소곤거린다.

"글쎄요. 사모님 상태가 안 좋은 걸지도 모르죠."

"그런데 나갈 때 오후 4시까지 돌아온다고 했던 것 같은데. 시간을 착각한 거 아닌가? 잠깐 전화 걸어봐야지."

전원이 꺼져 있어 연결되지 않는다. 병원에 있어서 그런 걸까.

"저기, 무슨 일이라도? 오타니 씨는 어디 계신가요?"

감독답게 수염이 덥수룩한 남자가 불안한 듯 히노에게 묻는다.

"잠깐 볼일이 있어 나가셨어요. 잠시 기다려주시겠어요?"

"아, 네." 감독은 언짢은 표정을 지었다. "얼마나 기다려야 할까요?"

"4시에는 확실히 오실 듯한데요."

"그건 곤란해요." 새빨간 원피스 차림에 몸매가 호리호리한 여자가 옆에서 불쑥 끼어든다. 리포터를 맡은 연예인인가? 상당한 미인이지만 지나치게 화려하다. "저는 이 촬영 후 LA에 가야한단 말이에요. 비행기 시간에 늦으면 큰일이라고요."

"어, 미카와 씨? 미카와 씨의 사모님 아니세요?"

히노는 깜짝 놀라 여자에게 말했다. 동료의 아내와 얼굴이 많이 닮았기 때문이다. 하지만 말투나 옷차림이 전혀 다른 사람이라 마치 '변장'한 것 같다.

"무슨 소리를 하시는 거예요? 사람 잘못 봤어요." 여자는 귀찮다는 듯 대답했다. "저는 뉴욕에 거주하는 패션 디자이너 다카시나 게이코예요. 다만 오늘은 디자이너가 아니라 배우 겸 역사녀 대표로 방문했어요. 지금 N시가 추진하는 '향토의 영웅 야마시타 모부토모' 특집을 위해."

"아 네, 실례했습니다. 근데 정말 많이 닮았어요."

히노는 고개를 갸웃거리지만, 전 세계를 찾아보면 똑같이 생긴 사람이 세 명은 있다고도 한다. 목소리도 다른 걸 보면 딴사람이 맞다고 그는 수긍했다.

한편, 다카시나 게이코(예명)는 이 촬영을 빨리 끝내야겠다고 생각했다. 비행기 시간 때문만이 아니다. 그녀의 쌍둥이 언니가 N시의 이웃 마을에 살고 있다. 언니와 그 지인의 눈에 띌까봐 걱정했는데 아니나다를까 딱 마주치고 말았다. 이번 TV 출연은 남들에게 알리고 싶지 않다. 오랜만에 방송 일이 들어왔다고 해서 별생각 없이 맡았지만, 작은 지방 방송국인데다 BS의 촌스러운 지역 소개 프로그램의 한 코너였기 때문이다. 물론 실은 역사에도 관심이 없다.

"이거 난감하네. 오타니 씨를 대신해서 야마모토 씨가 나가는 건 어때요?" 히노가 떠봤다.

"안 돼요. 계약 위반이에요. 저는 아르바이트니까." 야마모토는 쌀쌀맞게 대답했다.

다카시나 게이코의 짜증은 점점 심해져가고, 수염이 덥수룩한 감독도 초조해하기 시작했다. 실은 이 수염남도 시바 료타로*를 조금 아는 수준의 역사 팬이라 향토사는 잘 모르고, 야마시타 모부토모에 대해서도 '전국시대의 무장'이라는 정도만 알 뿐이다. 십오 분짜리 이 프로그램도 N시가 억지로 제작하게 한 것에 지나지 않아 애정도 없고 빨리 끝내고만 싶다. 교착상태가 극에 달한 그 순간, "저기, 히노 씨는 역사자료관의 관장님이시네요" 하고 받아든 명함을 빤히 바라보던 젊은 남자 카메라 감독이 중얼거렸다. "관장님이 출연해서 전시물을 설명해도 딱히 문제될 건 없지 않나요?"

---

*『료마가 간다』로 일본의 국민적 인기를 얻은 역사소설가.

게다가 옆에서 존재감 없이 가만히 서 있던 아메바 군이 "이 아저씨가 아까도 저한테 이것저것 알려줬어요" 하고 갑자기 말을 하는 바람에 그게 그저 장식품인 줄 알았던 네 명의 방문자가 일제히 기겁했다. "이거 움직이나요?" "비호감이네요." "지역 마스코트? 재질은 부드럽네." "그래도 목소리가 귀엽고, 이 불안한 관장님만 나오는 것보다 그림상으로 효과가 있을 것 같아요." 다 들리게 속닥거리며 방송국 사람들이 상의하더니 결국 히노와 아메바 군을 함께 자료관의 안내자 역할로 출연시키기로 결정했다.

"저기 아마모토 씨, 이거 아무래도 위험하지 않을까요?" 히노가 사무실로 아마모토를 데리고 들어가 한심한 목소리로 말한다. "나는 모부토모인지 뭔지에 대해 아는 게 없어서 인터뷰하더라도 아무 대답도 못 할 거예요."

"저도 몰라요." 학급회장처럼 아마모토의 안경이 냉철하게 번득인다. "인형 옆에 놓아둔 설명문을 보면 되잖아요?"

"아니, 그런 게 없더라고요. 저기, 부탁이니까 아마모토 씨도 같이 출연해주세요. 이런 식으로 둘의 추억이 쌓이는 것도 의외로 나쁘지 않을 듯하고……"

"아뇨, 안 됩니다." 아마모토는 말로 표현할 수 없는 가학적 흥분이 끓어오르는 걸 느끼며 딱 잘라 말했다. "이건 히노 씨의 일입니다."

귀찮은데, 역시 오늘은 본청으로 갈 걸 그랬다. 투덜투덜 불평하면서 히노는 등을 구부린 채 문을 조금만 열고 전시 공간으로 스윽 나간다.

아, 진짜 싫다. 저렇게 나가고 들어오는 거. 소름 끼쳐. 아마모토는 눈을 가늘게 찡그리며 그 뒷모습을 바라본다.

8

오타니가 아내를 병원에서 집으로 데려다주고 자료관에 돌아온 건 오후 3시 55분이었다. 촬영은 한참 전에 끝났고 방송국 사람들도 이제 없다. 완벽한 아메바 군이 되어 히노를 보조한 불량 소녀도 집으로 돌아갔다.

역시나 오타니는 촬영 시간을 4시부터로 착각하고 있었다. 성대한 무대를 놓친 통한의 실수를 후회하며 자책감에 심히 우울해했지만 히노와 아마모토가 달래주어 간신히 안정을 되찾았다.

그러나 다시 한번 야마시타 모부토모의 등신대 앞에 섰을 때 그가 "앗!" 하고 갑자기 큰 소리를 질렀다.

"야마시타 모부토모의 설명문이 안 나왔잖아!"

"그건 아침부터 없었어요."

"아니, 그저께 오자를 발견해서 재주문했거든. 그게 오전 10시나 12시에 도착했을 텐데……"

"큰 판지 같은 물건을 말씀하시는 거라면 점심 전에 도착했어요." 야마모토가 알렸다. "조심히 다루라고 말씀하셔서 포장도 안 풀고 사무실에 세워놨어요."

"이 무슨……"

또다시 휘청거리며 쓰러질 듯한 노직원을 보고 쿨한 야마모토도 안타깝다고 생각했는지 다정하게 말을 잇는다.

"괜찮아요. 역사녀라 자칭하는 연예인도, 역사 프로그램 담당 감독도 '우리가 공부가 부족해 실례했네요, 역시 고장 분들의 지식은 다르군요' 하며 줄곧 감탄하다 돌아갔으니까요."

"맞아요. 제가 잘했으니 걱정 안 하셔도 돼요."

히노도 한마디 얹는다.

"그런가, 히노, 미안하네. 이번 일은 고맙네."

"아닙니다, 그런 말씀 마세요." 히노는 히죽히죽 쑥스럽게 웃으며 고개를 젓고 말한다. "그럼 저는 이런저런 용무를 보러 본청에 다녀올게요."

그러고서 자동문을 살짝 열고 밖으로 나간다.

"바람처럼 사라진다니까, 저 녀석은."

노인은 어째선지 몹시 미끈거리는 바닥을 힘껏 밟고 히노의 등을 바라보며 생각했다. 이래서 저 히노라는 녀석은 끝을 알수 없다니까. 다른 동료들은 그를 쌀쌀맞게 대하지만 유사시에는 해내는 남자다. 지금처럼 한직에 둘 게 아니라 차라리 부장이나 부시장 같은 요직을 맡겨보면 의외로 굉장한 힘을 발휘할지도……

9

제작 일정상 검증하지 못하고 방영된 〈역사녀의 숨은 명소 탐방기〉를 오타니가 자택에서 보고 졸도해 하마터면 구급차가 출동할 뻔한 소동이 일어난 건 정확히 일주일 뒤 밤이었다.

어둠 속을 부유하는 말들

어느 날 홀연히 쪽지 한 장 남기고 집안 지하실에 틀어박힌 아내가 있다. 튀김 요리를 하다가 얼굴에 기름이 조금 튀어 화상을 입었는데 남편에게 그 모습을 보이기 싫다는 이유에서다. 심각한 상처가 아님에도 당분간 독립된 지하 공간에서 생활하며 남편과는 전화나 메신저로만 연락하겠다는 아내의 강경한 의지가 담긴 통보는 당황스럽기 그지없다. '굳이 그렇게까지?'라는 생각이 자연스레 들기 때문일 테다. 혹자는 아내의 그런 행동을 이해 못하고 비난할지도 모르겠다. 유별난 성격이라 여기면서 말이다. 하지만 한편으론 '그럴 수도 있지. 다른 이유가 있을 거야. 그동안 얼마나 쌓인 게 많았으면……' 하고 생각할 수도 있지 않을까.

솔직해지자. 결혼생활 십 년이 훌쩍 넘은 나 역시 그런 생각으로 책장을 넘겼음을 슬며시 고백한다. 아내 K가 모습을 감춘 진짜 이유가 다른 곳에 있으리라 짐작했다. 얼굴에 입은 작은 화상이 부부간의 소통을 제한해버린 결정적 이유는 아닐 거라고 거의 확신했다.

알고 보니 부부에게는 갑작스레 아기를 사산했던 큰 아픔이 있었고, 그 상처를 마주하는 서로의 방식이 달라 심각한 균열이 생긴 상태였다. 필사적으로 다시 아이를 가져 원상태로 복구하려는 아내 K와 그런 아내를 회피하고만 싶은 남편 하지메. 안타깝게도 그들의 소통은 그렇게 점점 단절되어갔을 것이다. 그리고 어느 시점에 이르러 아내의 마음이 닫혀버린 게 아닐까.

한편, 남편 하지메의 반응은 어떤가. 그는 아내의 일방적인 통보에 황당해하면서도 이내 수긍한다. 얼굴만 볼 수 없을 뿐이지 연락이 불가능한 것도 아니고, 늦게 퇴근하는 그를 위해 K가 매일 저녁밥을 준비해두는 등 딱히 일상의 불편을 느끼지 않았기 때문이다. 처음엔 머지않아 그녀가 지하에서 나오리라는 안이한 믿음도 내심 컸다.

다만 한 가지 문제는 어느 순간부터 아내의 얼굴이 기억나지 않는다는 것인데(매우 심각하고 기이한 문제다), 유난히 사진 찍기를 싫어하는 K의 고집 때문에 스마트폰에 저장된 사진은커녕 결혼사진조차 없어 그녀의 얼굴을 기억해낼 만한 단서를 찾을 수 없다. 갑자기 모습을 감추고 보여주지 않으려는 아내와 그런 아내의 얼굴을 떠올리지 못하는 남편. 이쯤 되면 누가 더 황당한지 내기라도 하는 것 같다. 물론 후자가 더 심각하지만.

시간이 흐르고 사태의 심각성을 파악한 하지메는 K를 직접 만나기 위해 그녀가 머무는 지하실로 내려가는데, 그를 맞이하는 건 미세한 불빛 한 점 허용하지 않는 칠흑 같은 어둠이다. 본래 지하실은 부부에게 특별한 장소였다. 악기 연주라는 공통의 취미를 가진 이들이 신혼 초에 플루트와 클래식기타로 합주를 즐기던 공간이기 때문이다. 그런 안온한 시절도 있었다.

그렇게 하지메와 K는 새카만 어둠 속에서 벌이는 기묘한 합주를 통해 둘만의 방식으로 소통을 재개하지만, K는 여전히 모습을 보이지 않고 목소리와 기억으로만 존재하는 듯하다. K의 비현실적인 요구에도 어떻게든 부응하려는 하지메의 플루트 연주는 불가능을 가능케 하듯 점차 절정에 이른다. 특히 이 부분을 번역할 때 합주 장면에 쓰인 곡을 틀어뒀더니 키보드를 두드리는 손가락이 덩달아 격정적으로 움직이는 듯한 묘한 기분을 느꼈다. 독자 여러분도 상황이 허락한다면 책을 읽으며 아스토르 피아졸라의 탱고 음악도 함께 감상해보기를 권한다.

남편 하지메가 좀더 일찍 아내의 마음에 귀기울이는 시도를 했다면 어땠을까? 늦게나마 아내와의 관계를 회복하고 그녀를 찾고 싶은 하지메의 플루트 선율은 과연 그녀에게 제대로 닿았을까? 하지메가 아는 K는 진짜 K가 맞는 건가? 그가 K의 얼굴을 기억하지 못하는 진짜 이유는 무엇일까? 머릿속에 무수한 물음표들을 생성하며 이야기는 미스터리한 결말을 향해 간다.

사쿠라 히로는 첫 소설 『탱고 인 더 다크』로 제33회 다자이 오사무 상을 수상하고 일본 문단의 주목을 받으며 데뷔했다. 다자이 오사무 상은 미야모토 테루, 이마무라 나쓰코 등 걸출한 작가를 배출해낸 신인문학상으로, 사쿠라 히로는 수상 소감에서 소설을 쓰게 된 계기에 대해 이렇게 말했다.

가족의 최소 단위인 부부 사이조차 완전한 커뮤니케이션이 어렵다는 것을, 고대신화를 비롯해 백 년 전 소설인 나쓰메 소세키의 『한눈팔기』를 다시 읽으며 새삼 확인했다. 사랑과 미움과 체념이 뒤섞인 복잡한 심리 묘사는 현대를 살아가는 우리에게도 통한다고 생각한다. 가장 가까운 사람에게 마음이 전해지지 않아 생기는 절망감은 인류 보편의 감정인 것 같다. 타자와 소통하는 어려움과 그 가능성을 생각하면서 『탱고 인 더 다크』를 썼다.

마음속 깊은 곳에서 길어올린 인간의 보편적 감정을 바탕으로 한 현대인의 이야기. 그 이야기를 다양한 각도로 접근해 풀어낸 작가의 데뷔작을 국내에 소개하는 역할을 맡아 기쁘게 생각한다. 현재 두번째 소설을 집필중이라고 하는데 어떤 이야기가 탄생할지 기대된다.

우리는 곁에 있어 잘 안다고 여겨왔던 누군가가 문득 낯설게 느껴지는 순간을 종종 마주한다. 환한 불빛 아래 함께 있다고 생각했는데 갑자기 어둠 속에 덩그러니 놓여 아무것도 안 보이고 내 마음 따윈 하나도 몰라주는 것 같은 그런 순간. 그야말로 알다가도 모르겠다 싶은 순간이 아닐까. 타인과의 관계라는 게 그런 것 같다. 그렇기에 간혹 어둠에 빠져 나누는 말들이 허공에서 그대로 사라지지 않고 서로에게 안착하려면 노력이 필요하다. 관계는 그저 얻어지는 것이 아니기에. 곁에 있는 소중한 이들의 마음을 들여다보는 노력을 아끼지 않는 사람이 되고 싶다.

김영주

옮긴이 **김영주**

상명대학교 일어교육과를 졸업하고 한국외국어대학교 대학원에서 일본 근현대문학
으로 석사과정을 졸업했다. 옮긴 책으로 『엄마가 했어』 『낮술』 『신을 기다리고 있어』
『결국 왔구나』 『세 평의 행복, 연꽃 빌라』 『일하지 않습니다』 『시간을 달리는 소녀』
『태양의 노래』 등이 있다.

문학동네 세계문학
탱고 인 더 다크

초판 인쇄 2021년 10월 25일 | 초판 발행 2021년 11월 9일

지은이 사쿠라 히로 | 옮긴이 김영주
기획·책임편집 고선향 | 편집 류현영
디자인 최윤미 유현아 | 저작권 김지영 이영은 김하림
마케팅 정민호 정진아 김혜연 정유선
홍보 김희숙 함유지 김현지 이소정 이미희
제작 강신은 김동욱 임현식 | 제작처 천광인쇄사(인쇄) 경일제책사(제본)

펴낸곳 (주)문학동네 | 펴낸이 염현숙
출판등록 1993년 10월 22일 제406-2003-000045호
주소 10881 경기도 파주시 회동길 210
전자우편 editor@munhak.com | 대표전화 031) 955-8888 | 팩스 031) 955-8855
문의전화 031) 955-3579(마케팅) 031) 955-1917(편집)
문학동네카페 http://cafe.naver.com/mhdn | 트위터 @munhakdongne
북클럽문학동네 http://bookclubmunhak.com

ISBN 978-89-546-8315-9 03830

www.munhak.com